Metrópole: Despertar

Melissa de Sá

1ª edição

Editora Draco

São Paulo

2016

Melissa de Sá
tem medo do escuro, mas escreve sobre ele mesmo assim. Desde 2012 traz suas ideias da gaveta para o público. Esteve presente em diversas antologias, dentre elas *Excalibur* (2013), *Boy's Love* (2014), *Piratas* (2015) e *Medieval* (2016), além de possuir vários trabalhos independentes. Também é autora do livro infantil *A Última Tourada*, parte do projeto de mesmo nome que foi parar em centenas de escolas do Brasil. É de Belo Horizonte e mestre em Literaturas de Língua Inglesa pela UFMG. Gosta de doce de leite, música e verões preguiçosos.
Twitter @melissadesa Blog mundomel.com.br

Publisher: Erick Santos Cardoso
Edição: Ana Lúcia Merege
Produção editorial: Janaina Chervezan
Capa: Ericksama (sobre imagem "Rear view of businesswoman looking at ruins of city" de Bigstock)

Dados Internacionais de Catalogação na Publicação (CIP)
Ana Lúcia Merege 4667/CRB7

S 111

de Sá, Melissa
Metrópole: Despertar / Melissa de Sá. – São Paulo : Draco, 2016.

ISBN 978-85-8243-185-6

1. Ficção brasileira I. Título II. Série

CDD 028.5

Índices para catálogo sistemático:
1. Ficção : Literatura brasileira 869.93

1ª edição, 2016

Editora Draco
R. César Beccaria, 27 – casa 1
Jd. da Glória – São Paulo – SP
CEP 01547-060
editoradraco@gmail.com
www.editoradraco.com
www.facebook.com/editoradraco
Twitter e Instagram: @editoradraco

Para Jéssica,
irmã e primeira habitante dos meus mundos.

Prelúdio
(ou onde tudo começa)

Tudo tinha começado de uma vez, como um estalo. Depois ela ficou sabendo que para Andreza também tinha sido assim. Um estalo, e nada mais.

Capítulo Um

Havia um dito famoso em Metrópole que questionava: *Essa é a vida real? Ou isso é apenas fantasia?* Andrella nunca tinha realmente parado para prestar atenção naquelas palavras. Sempre haviam sido apenas uma inscrição num dos monumentos da praça principal da cidade: um homem e uma mulher andando juntos, olhares fixos no horizonte, e aquelas linhas logo abaixo da escultura. A maioria dos habitantes de Metrópole sabia de cor aquelas palavras, mas poucos realmente entendiam o que elas significavam. Naquela altura do mês de setembro do ano da mudança 23, Andrella também não sabia.

Era um dia quente, talvez excepcionalmente quente para aquela época do ano. Andrella observava a paisagem passando diante de seus olhos pelos vidros do carro, mas sem realmente prestar atenção. Já tinha se acostumado a Metrópole. Já tinha se habituado a viver nas ruas imaculadamente limpas, a ver as pessoas asseadas andando de um lado para o outro num passo quase ordenado. Vivia desde sempre aquela vida Metropolitana.

Tio Argorio parou o carro em frente ao Centro de Educação Metropolitana, repetindo seu conselho habitual:

— Regue as sementes.

— Vou aguar bastante, tio – falou a garota num meio sorriso.

— Regar, regra, regalia. O que você acrescentaria?

— Regata.

— Inusitado, mas bom.

Andrella apenas se limitou a sair do carro; estava acostumada às excentricidades do tio.

Chamava-o assim, mas ele não era seu tio de verdade. Era um tutor. Sua mãe tinha morrido quando era bem pequena e Argorio, então seu marido, acabara encarregado de cuidar dela. Seu pai tinha sido um homem chamado Armed e morrera antes que ela nascesse.

Andrella achava que tio Argorio era uma boa pessoa, mas não havia grande afeição entre eles. Ela sabia que ele se importava com ela, que prezava muito por sua educação, em prover tudo que era necessário, mas a garota tinha certeza de que Argorio só tinha ficado com ela em memória à sua falecida esposa. Andrella era para ele nada mais que um desejo que Gabriela manifestara: que ele cuidasse de sua filha caso lhe acontecesse alguma coisa. Mas ele não nutria pela menina nenhum sentimento especial. A garota, porém, não se ressentia disso. Não seria lógico fazê-lo.

Quinze anos vivendo juntos e Andrella não sabia muito sobre seu tutor. Sabia que ele gostava de passar horas a fio na biblioteca, que era um homem culto, que gostava de música clássica. Jantavam juntos todos os dias, mas suas conversas se limitavam a assuntos acadêmicos e àqueles intermináveis jogos de palavras. Era o mundo que compartilhavam. Achava, contudo, seu nome estranho. Argorio. Era um nome que lembrava demais o antigo povo expatriado de Metrópole, os Argorianos. Essa estranha referência custara a Andrella longas noites em claro, durante a infância, mas sabia que estaria passando dos limites se fizesse perguntas.

Ela sabia que Metrópole fora fundada por aqueles que sobrevieram ao Grande Caos e que eles construíram uma cidade-estado equilibrada, autossustentável, perfeita. Uma década depois, no entanto, um grupo autoproclamado Argorianos apareceu, alegando ter poderes sobrenaturais. Ninguém sabia ao certo de onde vinham, o que realmente queriam. Alguns Metropolitanos defendiam que era um grupo fanático religioso que sobrevivera ao Grande Caos. Outros, que eram ex-malfeitores que queriam tomar a cidade apenas para viverem suas vidas sem regras. Mas não havia muitos registros sobre o caso. Porque, em Metrópole, passado é passado. Os Argorianos foram expatriados e passaram a viver na total clandestinidade. Se é que ainda viviam. Mas isso fora antes de Andrella nascer.

Mesmo assim ela não podia negar que vivia com um tutor chamado Argorio, uma referência embaraçosa a um grupo tão indesejado. Talvez ninguém se importasse com isso, já que tio Argorio era um dos homens mais ricos de Metrópole. Talvez fosse uma questão política e ninguém realmente se importasse se ele era ou não um apoiador dos Argorianos. Ou talvez ele fosse de fato um Argoriano, mas sua influência social não permitira que ele fosse expatriado. Ela bem sabia dos hábitos fora do comum do tio. Ou talvez tudo fosse coincidência, Argorio fosse só um nome velho e esquisito e Andrella apenas estivesse viajando em um sonho inútil.

A garota ganhou o corredor do Centro de Educação Metropolitana tentando tirar essas coisas da cabeça. Tinha que se acostumar com a excentricidade de tio Argorio, e era isso. Ponto final. Questão de praticidade.

Era aluna do décimo quarto ciclo da Educação Metropolitana e considerava-se uma boa estudante. Tirava notas relativamente altas, apesar de sua oscilação constante em matemática avançada. Os professores recomendavam fortemente que ela ingressasse na carreira diplomática, mas Andrella achava que se daria melhor em medicina ou agricultura.

— Tenho certeza que vou falhar em matemática avançada! – exclamou uma garota de olhos tão grandes que causavam certo desconforto em Andrella. – Tenho certeza que todas as minhas equações estão erradas! *Erradas*!

— Elis, você sempre fala isso e tira total na prova – falou Andrella, girando os olhos, com pouca paciência.

— Dessa vez é diferente, eu tenho *certeza*! – chorou Elis.

As duas amigas se calaram quando um rapaz de cabelos castanhos passou por elas e parou para cumprimentá-las. Andrella colocou uma mecha de cabelo atrás da orelha e tentou parecer natural. Era Derek, seu ex-namorado. Os dois tinham tido um romance por poucos meses e o término recente a deixava ilogicamente desconsertada. Andrella ainda não entendia exatamente o porquê. Era como se uma parte dela não gostasse realmente de Derek, apesar de os dois sempre terem se dado bem.

Derek se afastou com um aceno de mão e Andrella bufou, odiando a si mesma por ter agido de uma forma tão patética.

— Você tem que deixar isso ir – falou Elis, seca. – Passado é passado. Além do mais, foi você quem terminou com ele.

— Eu *sei*, Elis.

Elis apud Filis-Delgrado era amiga de Andrella desde a infância. Era uma das melhores alunas da Educação Metropolitana e, segundo os professores, tinha uma promissora carreira na área das ciências exatas, especialmente em estatística, matemática e música. Andrella achava que seria a carreira perfeita para Elis, que não tinha paciência ao lidar com pessoas e racionalizava tudo à exaustão, o ápice Metropolitano.

Ao chegar à sala de Química Básica II, os pensamentos de Andrella ainda estavam em Derek. Não entendia por que tinha terminado com ele. *Talvez porque ele fosse legal, não mais que isso* – pensou ela, apenas para se sentir estúpida. Não era um argumento válido. Se perguntasse ao tio Argorio, ele diria que

Derek provavelmente não era para ser e que a vida às vezes era assim. Pensou em sua mãe. Tio Argorio teria sido o homem para ela ou teria sido seu pai?

O professor de Química Básica II se chamava It. De início, Andrella achou que era um apelido para um nome possivelmente constrangedor ou sem graça como "Itimador" ou "Itimicus", mas não: esse era mesmo seu nome, It. E, bem de acordo com o nome que possuía, o professor era curto, estreito e direto.

— Andrella – disse ele, assim que a garota adentrou o laboratório –, preciso falar com você sobre seu fracasso no teste da semana passada.

A garota se sentiu imediatamente vermelha e alvoroçada. Os colegas que entravam na sala atrás dela começaram a andar mais devagar, e os que estavam nas primeiras mesas não esconderam os olhos arregalados de espanto. Outros professores teriam sido mais discretos, mas It não parecia perceber ou se importar com embaraços.

Andrella deu dois passos vacilantes em direção ao professor, tentando pedir com sinais que ele a chamasse para um canto mais particular, mas It continuou:

— Isso pode comprometer seriamente sua carreira.

Os alunos das primeiras carteiras deram um suspiro escandaloso. Pelo canto do olho, Andrella conseguia ver colegas cochichando. A informação se espalhava pelo laboratório como um enxame de abelhas em posição.

— Não entendo, professor – começou.

— Oitenta por cento, Andrella. Sinto muito.

Ela sentiu falta de ar. Oitenta por cento de aproveitamento numa prova? Não podia ser! Sua mente rodou. Como poderia ter tido um desempenho tão precário como aquele? O que tinha acontecido?

O fracasso não era um sentimento comum aos Metropolitanos e Andrella sentiu lágrimas quentes tentando escapar.

— Vá até a sala da coordenadora Osmorne. Ela lhe dará as suas opções.

Andrella segurou a bolsa com força e saiu do laboratório, lançando um olhar de súplica a Elis, mas a garota apenas lhe respondeu com puro terror.

Qual tinha sido a última pessoa da Educação Metropolitana a ir até a sala da coordenadora Osmorne? Andrella tentava lembrar enquanto andava lentamente pelo corredor de paredes frias. O que aconteceria quando chegasse ao final da caminhada? O que diria tio Argorio? O que ela faria? O que tio Argorio faria?

Billy Esfera – o nome brotou em sua mente como um sopro repentino. *Billy Esfera foi o último a vir aqui.* E o que tinha acontecido a Billy Esfera? Fracasso. Rebaixado. Proibido de frequentar aulas avançadas e, depois de alguns meses, não fora mais visto. Diziam que estava estudando em casa. Andrella mordeu o lábio, apreensiva; e se tivesse que estudar em casa também? Seria para sempre uma fracassada!

— Eu já esperava por você, Andrella. Por favor, venha comigo.

A garota acompanhou a coordenadora Osmorne sala adentro. Era uma mulher grande demais, com ombros estreitos disfarçados num terninho com ombreiras. Suas feições, no entanto, eram suaves, e seus cabelos estavam presos num coque mal feito. Andrella sempre tivera a impressão de que ela suava demais.

— Aceita um tonificante?

A mulher tentava ser agradável, mas a situação não fazia com que aquilo soasse natural.

— Não, obrigada – recusou Andrella – Estou... estou bem.

— Claro que está, querida – falou Osmorne, num sorriso meigo forçado.

As duas se acomodaram em lados opostos na escrivaninha branca. Era quase uma sentença.

— O senhor It me disse que você fracassou no teste da semana passada. Quer dizer, oitenta por cento, Andrella... – Ela abriu a gaveta da escrivaninha e tirou um envelope púrpura, que abriu com ar solene. – O seu histórico é bom, no entanto. Temos que discutir suas opções.

Os segundos que se passaram enquanto Osmorne dava uma lida rápida no conteúdo do envelope pareceram uma eternidade para Andrella, que não sentia os pés e nenhuma extremidade do corpo que não fossem as pontas frias dos dedos das mãos.

— Todos os professores recomendaram que seguisse a carreira diplomática, mas você alegou preferir agricultura ou medicina.

— Gosto de cuidar das coisas – respondeu a garota, incerta.

— Acha sensato discutir a opinião de professores especialistas?

Não era exatamente uma pergunta.

— Fez parte do grupo de análise combinatória, teve experiência com os arquitetos aéreos e também fez um curso de filosofia psicossomática. Interessante.

— É...

— Mas vago demais.

Andrella piscou, nervosa.

— Oitenta por cento é um fracasso. Não me lembro de algo assim desde aquele garoto Retangular...

Esfera, pensou Andrella, aterrorizada com o a possibilidade de ter seu nome trocado. Era uma Metropolitana! Seu nome era único e especial!

— Seu histórico diz que você mora com seu padrasto. Metropolitano interessante. – O coração de Andrella deu um salto à menção do tio. – Você tem uma ficha médica! – A mulher não conseguiu esconder a exclamação.

— Eu era muito pequena, não foi nada...

— Uma lesão no crânio!

Osmorne estava quase gritando.

— Não houve sequelas, como a senhora pode ver muito bem na ficha, e eu era muito pequena, sequer me lembro – sua voz soava desesperada.

— Você acha que essa lesão pode ter afetado seu desempenho no teste da semana passada?

— Não vejo como, senhora. Sofri um acidente quando era muito pequena e nunca tive problemas...

— Nunca teve problemas? Não é o que esses oitenta por cento indicam. Bem, de qualquer forma, uma carreira diplomática está fora de cogitação. E agricultura também. Talvez exista uma chance na medicina, que exige bem menos gratificações. E é claro, vinte por cento das suas gratificações serão apagadas do histórico por conta do seu fracasso.

Andrella olhou para o chão.

— Você tem algo a dizer sobre esse desempenho deplorável?

— Não exatamente – falou a garota, titubeando. – Eu... Eu acho que me distraí e confundi algumas equações. Quer dizer, não é possível... Sou sempre tão cuidadosa. Eu... Talvez eu estivesse cansada ou...

— Cansada? Se estava cansada, por que não tomou um tonificante? – Osmorne falava brandamente, mas seus olhos pulsavam. – Não há desculpa para fracassos, Andrella. Como Metropolitana, deveria saber disso. Você tem sorte de os Metropolitanos serem tolerantes. Sabe disso, não sabe?

— S-sim – murmurou a garota, segurando as lágrimas. Não queria demonstrar fraqueza na frente de Osmorne.

— Então volte para casa, está dispensada da educação Metropolitana por hoje. Recomendo que tome um tonificante duplo, se possível. E que faça exercícios físicos. Seu nome entrou para a ficha. Infelizmente, seu fracasso foi grande o suficiente para levar a isso. Mas não fique triste, ainda poderá ser uma médica. Era o que você queria, não?

Andrella olhou para Osmorne e sentiu algo diferente. Como se ela não fosse o que aparentava. Como se quisesse realmente machucá-la. *Mas Metropolitanos não são assim*, ponderou, reprimindo o pensamento.

— Obrigada, coordenadora Osmorne.

E saiu, fechando a porta atrás de si.

Andrella ganhou a calçada, sem coragem de olhar o prédio imponente atrás de si. Sabia de cor o lema inscrito na construção: *Mente sã é espírito livre. E nada é mais livre do que a mente.* Sentia algo estranho na boca do estômago, como se quisesse colocar para fora o que tinha comido no café da manhã. Tudo agora era somente som e imagem.

As pessoas passavam na rua e sequer pareciam notar que algo extremamente perturbador tinha acontecido a uma garota de quinze anos. Como não conseguiam perceber? Como simplesmente continuavam andando, completamente alheios ao que se passava? O mundo estava acabando! Droga!

Pare com isso, Andrella. Não é nada racional essa linha de pensamento!

Sentou-se num banco a três quadras do Centro de Educação Metropolitana e estacou durante quinze minutos, sem saber ao certo no que estava pensando. Talvez ainda conseguisse ser uma médica, afinal. Quer dizer, aquele lance de medicina tinha sido sempre uma rebeldia, não? Algo diferente, uma opção chocante. O tipo de coisa que tio Argorio encorajava e que ela repetia em seus jogos na hora do jantar. Será que algum dia tinha realmente sido uma opção concreta?

O exercício da medicina era considerado uma carreira menor em Metrópole pelo fato de que os Metropolitanos simplesmente não ficavam doentes. Mente sã é espírito livre e espíritos livres não ficam doentes. Educar a mente era educar o corpo e, se o corpo falhava, era porque a mente tinha falhado. Nada era mais horrendo aos Metropolitanos que a simples ideia de uma falha intelectual. Doenças eram raríssimas e, quando aconteciam, eram motivo de vergonha e asco. Acidentes também eram raros, pois demonstravam falta de atenção, uma falta grave aos olhos da sociedade. Andrella ouvira histórias de pessoas que perderam seus empregos por conta de tonturas repentinas ou dores nos rins. Não sabia se era verdade.

Ser um médico era tratar o que a sociedade via com maus olhos, era tratar os fracos. Além disso, o campo de trabalho era restrito. Não havia muitos hospitais em Metrópole e a maioria lidava com partos. Entrar na área científica era extremamente difícil, pois o grupo de pesquisadores era muito restrito.

Andrella se imaginou numa sala com um paciente tossindo. O que era antes a representação de uma aventura que faria tio Argorio sorrir se tornara agora um medo bem real.

Levantou do banco, decidida a não pensar mais naquilo. Observou algumas pessoas correndo em volta da praça e se lembrou de que devia fazer exercícios físicos. Não tinha a menor vontade, mas sabia que era necessário no momento. Como boa Metropolitana, Andrella tirou os sapatos de corrida da mochila. *Respira fundo*, pensou, enquanto fazia um breve aquecimento. Em menos de três minutos, já corria em volta da praça.

Passou o dia em casa, trancada no quarto, pensando em nada, no fracasso, em nada e no fracasso de novo. Tio Argorio não estava, tinha um compromisso. Ainda não sabia como iria encará-lo. Não sabia como ia encarar *aquilo*. Achando que as paredes do quarto iriam sufocá-la, Andrella saiu no fim da tarde e foi dar uma volta no quarteirão. Tinha a impressão de que as pontas de seus dedos não tinham voltado a se aquecer desde a entrada na sala de Osmorne.

— Clareando as ideias?

Andrella virou-se para ver quem falara e se arrependeu imediatamente de tê-lo feito. Era Derek.

— Ah, não. Eu só estava dando uma volta e... É, dando uma volta.

A garota respirou fundo antes de se aproximar dele. Talvez Derek ainda não soubesse. Afinal, ele não tinha aula de Química Básica II no mesmo período que ela...

— Soube do que aconteceu – falou ele numa voz grave – Eu sinto muito.

Andrella sentiu mais uma vez aquela sensação estranha de quando o estômago queria expulsar seu conteúdo.

— Ah, é... Claro que você sabe o que aconteceu... Quer dizer, todo mundo agora sabe, né?

— Acho tão estranho – prosseguiu Derek, tentando dar um sorriso bondoso àquela catástrofe. – Você sempre me pareceu tão... Normal.

— É...

Os dois se encararam por alguns segundos. Então Andrella achou que não conseguiria mais olhar para Derek, tão *Metropolitano,* carregando sua mochila no ombro esquerdo.

— É tão... – e, antes que pudesse dizer mais alguma coisa, piscou os olhos três vezes para evitar as lágrimas e saiu correndo.

Reação ilógica. Talvez ela não fosse mesmo normal.

Quando chegou em casa na hora do jantar, estava exausta. Tinha corrido sem parar desde que vira Derek. Achava que se conseguisse correr muito ficaria suficientemente cansada para não pensar mais. Estava errada. Mais uma vez, errada.

Deixou o tênis na lavanderia e lavou o rosto. Olhou-se no espelho por alguns segundos. A imagem era horrível. Era uma garota feia e sem graça, com olhos caídos e orelhas grandes demais. E, pior, um fracasso. O maior fracasso de Metrópole.

— O jantar está delicioso. Acho que escolhi legumes particularmente suculentos.

Andrella lançou um olhar rápido a tio Argorio quando passou por ele na sala de jantar.

— Suculento. Suco. Súcubo. O que você acrescentaria?

— Eu não vou jantar, tio – murmurou ela. – Estou sem fome.

— Isso está fora de questão.

Ela não discutiu e sentou-se à mesa.

O jantar estava realmente delicioso. Tio Argorio tinha preparado um assado muito bom, com batatas crocantes por fora e macias por dentro.

Diferente dos outros Metropolitanos, tio Argorio se importava com o sabor da comida. Ele vivia dizendo que um alimento precisava ser *experenciado* e não apenas ingerido com base no cálculo de carboidratos e gorduras. Andrella achava aquele raciocínio bem estranho, mas ao comer um pedaço daquelas batatas, não podia reclamar muito.

Não suportaria olhar tio Argorio nos olhos. Fitava o tempo todo o próprio prato e respondia à conversa com monossílabos. Será que o tio tinha lido seu eletrônico de recados? Com certeza o Centro de Educação Metropolitana teria enviado um, ele era seu tutor, afinal. Por que tio Argorio não falava de uma vez que estava sabendo de tudo? Que ela era um fracasso e estava condenada a trabalhar com gente inferior e decrépita?

— Estive fora hoje o dia todo, estou cansado – falou tio Argorio, afastando o prato. – Mas preciso conversar com você, Andrella. E muito sério.

— Não tenho nada para dizer – as bochechas de Andrella estavam queimando de exaltação. Não suportaria discutir aquilo com tio Argorio, não naquele momento. Não era nada justificável, mas simplesmente não podia...

— Não quero tomar seu tempo, só quero discutir algo importante – prosseguiu o tio, num tom levemente alterado – É de suma importância para...

— Já disse que não quero ouvir – falou a garota, pondo-se de pé. – Só quero ir para a cama e descansar. O jantar estava muito bom.

— Andrella!

— Boa noite, tio Argorio – e levantou da mesa. – Não vou estar em casa, então não me procure.

Nunca tinha feito algo parecido. Sabia que tio Argorio ficaria furioso. Ele iria atrás dela e falaria por uma hora sobre bons modos e educação, como a rebeldia não fazia sentido quando analisada sob uma ótica racional, como ela era expressamente proibida de passar a noite fora de casa e...

Mas ele não foi. Talvez porque estivesse cansado ou talvez porque Andrella tivesse ido longe demais.

Quando saiu pela porta da sala, Andrella se sentiu pela primeira vez realmente assustada.

Capítulo Dois

— Por favor, Andrella, não faça barulho, minha mãe não pode saber que você está aqui – pediu Elis, fazendo gestos desesperados em busca de silêncio.

— Claro que não. Porque nessa altura todo mundo já sabe que sou uma fracassada e provavelmente a sua mãe não quer ver você perambulando por aí comigo, não é?

— Exatamente. Então, por favor, não arruíne minha vida.

Foi como se Elis a tivesse agredido fisicamente. Andrella largou o objeto de vidro que estava observando e deitou no colchonete ao lado da cama da amiga (ou ex-amiga).

— Me desculpe, Elis. Eu não queria te prejudicar. Mas é que eu estava assustada e...

— E é para estar. Desculpe, mas não acho certo você gritar com seu tio daquele jeito e vir pra cá. É uma idiotice. Coisa de gente fracassada.

— Elis! Por favor, você não acha que eu já estou me sentindo mal o suficiente?

— Andrella, cai na real, você é um fracasso! A partir de agora tudo muda!

— Até a nossa amizade?

— *Tudo* muda um dia. É uma lei natural – falou Elis, apagando a luz do abajur. – Boa noite, Andrella.

— Boa noite – murmurou a outra mecanicamente.

Sabia que Elis não queria feri-la, que era só o jeito dela, mas suas palavras ficaram ressoando na cabeça de Andrella sem que a garota conseguisse dormir. Ela teria que ser capaz de lidar com isso.

Tudo mudaria a partir dali.

Pela primeira vez, Andrella passou uma noite fora de casa. E a única coisa em que conseguia pensar eram as estúpidas, ridículas, malditas *vitaminas*. Aquele frasquinho amarelo escondido num canto da gaveta. Tio Argorio acreditava que elas ajudavam na circulação, favorecendo o desenvolvimento do cérebro. Seria aquele frasco o símbolo de seu fracasso?

Agora passaria por longas avaliações a fim de provar que não era uma total inútil. Talvez conseguisse se explicar. Talvez pudesse dizer que seu cérebro tinha derretido. Era essa a sensação que tinha no momento.

O dia amanheceu e Andrella encarou o sol brilhante. Parecia um desafio.

Tinha passado a noite em meio a sonhos conturbados com sua mãe. Isso não acontecia desde que era criança. Uma vez tinha se assustado durante a noite com o barulho do vento na janela; mesmo que tio Argorio tivesse explicado os efeitos físicos que implicavam na produção do barulho e ela tivesse entendido perfeitamente, o medo não tinha ido embora. Depois de um tempo, e sem que tio Argorio visse, foi até o armário e pegou a caixa de joias que havia sido de sua mãe. Metropolitanos não usavam joias, claro, eram relíquias de museu. Sua mãe as adorava, dissera tio Argorio uma vez, porque brilhavam. Andrella escolhera um anel com uma pedra amarelada bem brilhante e prendeu-o nos cabelos. Sabia que era irracional, mas achou que sua mãe poderia estar ali de alguma forma para confortá-la. Desde então sonhava com o rosto quase desconhecido dela e com os anéis e colares antigos. Mas, naquela noite, nem todas as pedras amareladas de Metrópole poderiam fazê-la sentir-se melhor.

Faria alguma diferença se sua mãe estivesse ali?

Gabriela. Quase não havia fotografias dela na casa, tio Argorio dizia que ela não gostava. Andrella se ressentia por não se parecer com ela, sorridente e alegre. Às vezes pensava que, se lembrasse sua mãe, tio Argorio talvez tivesse sido diferente para com ela. Mais como um pai, menos como um tio.

Sua mãe tinha trabalhado nos arquivos da Biblioteca Metropolitana e morrera num trágico acidente envolvendo energia nuclear. Fora o último acidente em Metrópole. Depois daquilo, a cidade-estado tinha passado a se sustentar através de energias renováveis como as dos ventos e das águas.

Algumas vezes tinha a impressão de se lembrar dela penteando o cabelo ou arrumando a pasta para o trabalho. No entanto, às vezes as lembranças simplesmente desapareciam e Andrella não sabia se eram verdadeiras. Talvez as tivesse inventado para se sentir melhor. Como poderia se lembrar? Era pouco mais que um bebê quando ela se fora.

Tio Argorio contava histórias sobre Gabriela com um brilho vivo nos olhos e uma melancolia profunda na voz. Falava sobre como ela tinha sido uma mulher séria e dedicada, contava histórias divertidas de passeios e pessoas, elogiava sua personalidade. Dizia que ela era imbatível no jogo de palavras. *Ela saberia o que fazer*, pensou Andrella.

Ou talvez não soubesse. Talvez ela só fosse ficar ainda mais decepcionada do que todos os outros com seu desempenho. Desempenho... O que tinha acontecido de errado? Por mais que se lembrasse do dia fatídico na última semana, não conseguia registrar nada que tivesse sido fora do normal.

— Trouxe um pedaço de pão pra você – falou Elis, abrindo a porta do quarto. – Deve estar com fome.

— Obrigada, Elis.

— O que você vai fazer?

— Acho que tenho que fazer uns testes psicológicos agora – falou Andrella, devagar, ignorando a expressão azeda da amiga. — E vou conversar com tio Argorio. Você tinha razão ontem, aquilo não foi certo. Tio Argorio é o único responsável por mim.

— Exatamente. Ele cuidou de você. E não era obrigado a fazer isso. É mais do que racional respeitá-lo.

Racional. Estava ouvindo demais essa palavra ultimamente.

— Mas você não pode falar com ele agora – continuou Elis, guardando o violino no estojo. – Temos menos de quinze minutos para chegar ao Centro de Educação Metropolitana. Falei com meu irmão e ele vai nos levar de carro. Eu disse que seu tio tinha um compromisso e não podia te levar. E lembre-se, mentir não é nada Metropolitano.

O dia na Educação Metropolitana passou como um sonho estranho e difuso. Andrella fez o que pôde para se concentrar, mas só conseguia aproveitar noventa por cento do que o professor dizia. Nos intervalos, procurava se esquivar dos olhares acusadores e curiosos dos colegas e também de Derek. Não suportaria outra conversa com ele.

Estudo da Sintaxe Metropolitana III transcorria bem quando a inspetora Copérnica interrompeu a aula para falar com o professor. Os dois conversaram em voz baixa durante um minuto até que a inspetora foi embora. O professor Palomar se aproximou da mesa de Andrella, para o mais completo horror da garota e, por que não dizer, dos demais colegas.

— Por favor, Andrella, a inspetora Copérnica está aguardando-a do lado de fora da sala.

Naquele instante o que a garota sentia tinha quatro letras e alguns calafrios: medo.

A inspetora Copérnica era uma Metropolitana alta e simpática de longos cabelos loiros. Seu olhar e o modo como mexia as mãos anunciava que o que tinha a dizer não era fácil, nem agradável.

— Andrella – começou ela, em sua voz bonita de contralto –, é sobre o seu tio Argorio. Aconteceu algo grave.

Pela terceira vez na vida, Andrella sentiu que o conteúdo de seu estômago queria saltar para fora através da garganta.

— Venha comigo, por favor.

As duas percorreram dois corredores em silêncio. Andrella queria gritar, mas racionalmente sabia que não faria o menor sentido ou diferença.

— Venha – falou Copérnica mais uma vez.

Andrella demorou alguns minutos para perceber que estava na sala do diretor Straus. Sentiu as mãos frias. O diretor Straus era um dos homens mais importantes de toda a Metrópole, um dos Sete Conselheiros. Ela duvidava que algum dia um aluno regular da Educação Metropolitana colocara os pés naquela sala.

— Andrella apud Gabriela-Armed – falou o diretor. Ela nunca tinha notado o quanto ele era imponente, mesmo sem um amplificador de voz. – Creio que não me conhece pessoalmente, sou o diretor Straus.

Como se ela não soubesse.

Straus sorriu mostrando todos os dentes. Era nítido que ele queria parecer amigável.

— Acho que você já conhece a coordenadora Osmorne.

Andrella respirou fundo ao cumprimentar Osmorne. Ao contrário de Straus, ela não parecia fazer qualquer esforço para parecer simpática.

— O que aconteceu? – perguntou a garota. – Por que eu estou aqui? Se é por causa do fracasso, ontem...

— Não é por conta de seu lamentável fracasso que você está aqui, Andrella. Mas é por um motivo igualmente infeliz. Esta manhã, a sua casa foi vítima de um ataque.

Os olhos de Andrella percorreram as expressões na sala de Straus para Osmorne e de Osmorne para Copérnica. Os três pareciam muito solenes, cada um a seu modo.

— Você quer dizer um crime?

Os três se entreolharam, agitados, como se ela tivesse falado um palavrão.

— Esse termo – falou Straus olhando para os lados, inquieto – é forte demais, mas... você já é uma moça crescida. A sua casa foi vítima de um, bem, um crime. Um ataque. Tudo foi revirado e... havia...

— Havia sangue – continuou Osmorne sem o menor sinal de hesitação – no escritório do seu tio Argorio e no hall de entrada.

— Ah, Osmorne! – gemeu Straus.

— Seu tio não foi encontrado – falou Copérnica com sua voz suave. – Uma equipe foi mandada para testar a compatibilidade do sangue e é dele. Além do mais, acionamos toda a comunicação de Metrópole e ele está desaparecido.

— Como? – falou Andrella quase gritando de horror. – Como isso pôde acontecer?

— Ainda não sabemos – murmurou Copérnica.

— Pedimos que volte para casa – disse Straus, voltando à voz imponente – e fique lá. Não se preocupe, um encarregado está lá para... Para protegê-la.

Se Andrella pensou em encontrar funcionários do Departamento Especial de Metrópole em frente à sua casa e uma equipe especializada para investigar o que tinha acontecido, estava enganada. Ao subir os degraus de pedra da casa 25 da avenida Scholar-Arman, a garota encontrou apenas um homem vestindo um terno de linho azul, escorado na porta de entrada.

— Onde está todo mundo? – perguntou a garota, aturdida.

— Você é Andrella apud Gabriela-Armed?

Antes que pudesse responder, o homem tirou algo do bolso e disse:

— Muito bem. Se tiver algum problema, Andrella, ligue para este número – e entregou um cartão para a garota.

— Mas onde está todo mundo? Me disseram que houve um crime aqui! Que havia uma equipe de especialistas...

— Crime? – falou o homem num sussurro. – Você está louca, garota? Isso aqui é Metrópole. Não há esse tipo de barbaridade antiga por aqui.

— Mas é que – começou Andrella, porém os olhos do homem, estreitando-se à sua frente, impediram-na de continuar. – Eu só quero saber do meu tio...

— Tenho certeza de que se trata de um engano. Se tiver qualquer tipo de problema, por favor, ligue para o telefone no cartão.

O homem desceu os degraus da varanda com certa elegância, deixando para trás uma Andrella paralisada. Quando ele finalmente dobrou a esquina, a garota pegou o papel grosso nas mãos e leu:

Agência de Segurança Privada
89765432 ramal 13

Era um número de telefone. Por que estavam usando um número de telefone? Telefones eram um meio de comunicação tão ultrapassado! Logo depois da Grande Mudança os telefones haviam sido substituídos por eletrônicos de recados, mais rápidos, mais eficientes. Tio Argorio tinha um telefone no escritório – para fins decorativos, ele dizia. Telefones eram peças de museu.

Guardou o cartão no bolso da calça. Não era hora de pensar naquilo. Tio Argorio tinha sido alvo de um crime. Um crime, por toda vida Metropolitana, um *crime*! Tinha ouvido essa palavra pouquíssimas vezes na vida. Uma delas, pela boca do próprio tio Argorio numa vez que ele estivera extremamente aborrecido e praguejara durante alguns minutos.

Andrella abriu a porta da casa, hesitante. Tinha medo do que encontraria no hall. Tinham mencionado sangue. E se houvesse sangue de tio Argorio no tapete? Ou pior, nas paredes? Andrella achava que não conseguia imaginar como seria a imagem de sangue espalhado, móveis, sinal de luta. Respirou fundo quando girou a maçaneta da porta da frente. No entanto, não existia algo que pudesse tê-la preparado para o que viria a seguir.

A casa estava imaculadamente limpa como sempre estivera. Tudo estava na mais perfeita ordem. E não só o hall, mas os quartos, a cozinha, a sala de jantar, os banheiros, o escritório de tio Argorio, a sala de música, a varanda. O papel de parede azul estava intacto. As luminárias de vidro fosco, perfeitamente limpas. Tudo estava como estivera na noite anterior. Andrella não conseguia entender.

Onde estava o sangue? Onde estava o crime? Onde estava tudo? O que estava acontecendo? *O que estava acontecendo*?

Subiu as escadas correndo até seu quarto, abriu uma das gavetas da escrivaninha com mais força do que deveria e tirou seu eletrônico de recados de lá. Não havia nenhuma mensagem nova. Muito menos de tio Argorio. Como se pudesse haver alguma. Tio Argorio nunca mandava mensagens para ela, não mandaria logo naquele dia.

Estava assustada, estava com muito medo. E esses não eram sentimentos para uma Metropolitana. Andrella sabia que deveria pegar seus tênis e sair numa corrida para clarear as ideias, mas não conseguia. Não tinha forças. Tudo o que fez foi cair no chão e fitar o teto.

Porque Metropolitanos não choram.

Andrella acordou duas horas depois. Já era fim de tarde. Nunca tinha dormido no chão e, além da dor insuportável que sentia nas costas, sentiu-se envergonhada. Em menos de dois dias, vinha decaindo de sua posição de boa Metropolitana. Não sabia o que fazer. Ela e tio Argorio nunca tinham sido muito próximos, mas ele era seu tutor, era o homem que havia cuidado dela durante todos esses anos. Não tinha mais ninguém.

Mais uma vez, deu uma olhada em seu eletrônico de recados, mesmo sabendo que as chances do tio ter mandado alguma coisa eram mínimas. Nada. Desceu as escadas e foi olhar o escritório. Tudo estava exatamente como tinha estado duas horas atrás, quando olhara pela primeira vez. Os livros, a luneta e o grande mapa de Metrópole na parede principal estavam lá, intocados. Andrella se lembrou de que, quando pequena, era proibida de perambular pelo escritório, uma vez que tio Argorio era tão metódico e organizado. O que ele teria feito para sofrer algo assim? Que segredos guardaria naquele escritório?

Andrella abriu as gavetas da escrivaninha, mas encontrou apenas papéis velhos (ele era tão antiquado!) e canetas. Onde estaria a mancha de sangue? O grupo do Departamento Especial a teria removido? Por que a casa estava vazia e ninguém fazia uma investigação? Resolveu que mandaria uma mensagem de seu eletrônico de recados. Mas uma mensagem para quem? Ao Departamento

Especial, ao Conselho Metropolitano? Não sabia ao certo a quem reportar. Não conhecia os protocolos de um caso como aquele. Achava que ninguém conhecia. Simplesmente era o tipo de coisa que não acontecia em Metrópole.

Foi até o escritório do tio e procurou alguns livros sobre Jurídica Metropolitana. Encontrou o tipo de crime que tio Argorio aparentemente sofrera. Tratava-se de um sequestro. Segundo a definição do livro, um sequestro acontecia quando uma pessoa mantinha uma segunda pessoa sob sua supervisão sem o consentimento da primeira. Esse tipo de crime podia vir ou não acompanhado de agressão física. Um crime de sequestro nunca acontecera em Metrópole, mas era uma prática bem comum durante e antes do Grande Caos.

A garota passou a noite tentando encontrar mais livros que mencionassem o crime, mas achou poucos; a maioria continha apenas definições. Estava cansada. Estava preocupada com tio Argorio. Estava angustiada com o que iria acontecer com ela caso ele não voltasse.

Estava com medo.

Na manhã seguinte Andrella tomou um banho e se arrumou da melhor maneira que pôde. Fez exercícios durante uma hora e meia e comeu apenas frutas leves. Olhou-se no espelho e achou que não estava assim tão mal para quem tinha dormido em cima de uma pilha de livros. Precisava aparentar ser uma Metropolitana exemplar no Centro de Educação Metropolitana especialmente naquela manhã.

Andrella chegou ao Centro antes dos demais alunos. Tinha tomado uma decisão: precisava de ajuda. E falaria diretamente com o diretor Straus.

— E qual é o seu motivo, senhorita Andrella apud Gabriela-Armed? Creio que sabe que o diretor Straus é um homem muitíssimo ocupado e que raramente participa de conferências privadas com os alunos.

A assistente do diretor Straus era uma mulher ossuda que parecia ter o dobro da idade que realmente tinha.

— Eu sei – falou Andrella, tentando parecer decidida. – Mas é que conversei com o diretor Straus ontem sobre um assunto muito importante -

— O que está acontecendo aqui?

Andrella se virou imediatamente para encarar Osmorne. Ela acabara de entrar na sala usando um terninho roxo com ombreiras. O brasão do Centro de Educação Metropolitana reluzia em seu peito esquerdo.

— Coordenadora Osmorne – cumprimentou Andrella.

— O que está fazendo aqui? – perguntou a outra. – Não deveria estar marcando seus exames psicológicos?

Andrella engoliu seco.

— Ela deseja uma audiência com o diretor Straus – falou a assistente com um sorrisinho.

— Mas isso é um absurdo! – exclamou Osmorne. – Se o diretor Straus for atender pessoalmente a cada aluno desse Centro...

— Foi o que eu disse a ela, Osmorne.

— Eu realmente preciso discutir um assunto muito importante – falou Andrella. – É sobre o meu tio Argorio.

— Como vai o seu tio Argorio? – perguntou Osmorne num sorriso. – Ele tem passado bem? Ouvi dizer que ele tem trabalhado muito.

— O quê? – perguntou Andrella, confusa – Mas...

— É um homem fascinante, esse seu tio – concluiu Osmorne. – Você o conhece, Wendelyn?

— Não pessoalmente, coordenadora Osmorne – falou a assistente. – Mas conheço a reputação.

— Costumávamos tomar chá, mas agora tem sido tão difícil encontrar tempo – disse a coordenadora numa espécie de sorriso nostálgico. – Mande lembranças a ele por mim, Andrella. Imagino que tem sido difícil para seu tio. Quer dizer, com todo esse problema do seu rebaixamento...

— O que você está dizendo? – perguntou Andrella, confusa. – Você sabe muito bem o que aconteceu com meu tio Argorio! Ele está desaparecido!

— Não seja tola, menina – falou Osmorne, num sorriso bondoso sem qualquer traço de paciência. – Ninguém desaparece em Metrópole. Ele deve ter apenas se atrasado por conta do volume de trabalho.

— Não! – berrou Andrella – Ele foi vítima de um sequestro! Você mesma disse ontem...

— Não use essa palavra absurda, menina, por Metrópole! O que é isso?

— Mas você mesma disse que havia sangue na casa!

— Sangue? Você não está em seu juízo perfeito, obviamente

-- refutou Osmorne, olhando a garota como se ela tivesse uma doença contagiosa.

— Mas o que você está fazendo? Foi você quem me disse!

— Você está fora de si. Não é de se surpreender. Oitenta por cento. Fracasso. Não é mesmo fácil lidar com uma coisa dessas. Wendelyn, por favor, chame alguém para acompanhar Andrella até em casa. Ela não está em condições...

— Estou perfeitamente em condições! Só quero saber por que ontem não havia ninguém do Departamento Especial em minha casa, como *você* disse que estaria!

— Oh, por favor, esse tom de voz...

— Quero falar com o diretor Straus.

— Isso é impossível, querida. Ainda mais com o seu atual estado perturbado.

—Não estou perturbada! Só quero falar com o diretor Straus!

— Wendelyn...

— Já chamei o pessoal da segurança para acompanhá-la, Osmorne.

— Por que você está fazendo isso? – perguntou Andrella.

A porta da sala abriu de repente. Eram os dois homens da segurança.

— Por favor, acompanhem esta garota até a casa dela. Ela está perturbada hoje, há menos de dois dias a pobrezinha ganhou um oitenta por cento. Creio que ela não está bem. Esse estado alterado pode criar desconforto nos alunos.

— Vamos lá, moça – falou um dos homens. A voz dele não traía nenhuma emoção.

— Não! – gritou Andrella. – Eu preciso falar com o diretor Straus!

— Moça, por favor, não complique.

O homem colocou a mão no ombro de Andrella. Ela sabia que esse era o sinal de que, se ela não cooperasse, não estaria de acordo com as leis Metropolitanas.

— Tudo bem. Eu vou.

— O que está acontecendo aqui? Por que a segurança está aqui?

Era o diretor Straus, que provavelmente voltava agora para o seu gabinete.

— Ah, diretor, essa garota, Andrella, está visivelmente perturbada pelo fato de ter ganhado oitenta...

— Eu não estou perturbada! – gritou Andrella. – Diretor, por favor, só quero saber o que aconteceu com o meu tio. Não tinha ninguém do Departamento Especial ontem na minha casa.

— Minha cara, por que haveria alguém do Departamento Especial na sua casa? – perguntou o diretor Straus tentando sorrir.

— O quê? Meu tio Argorio sumiu! Houve um crime na minha casa, o senhor mesmo disse! Me chamou ontem na sua sala!

— Garota, por favor. Esse escândalo não é nem um pouco Metropolitano.

E o diretor seguiu para sua sala, fechando a porta com um estalido.

— Diretor Straus! Diretor Straus!

Não houve resposta. Só o homem da segurança colocando mais uma vez a mão em seu ombro direito.

— Por favor, levem-na daqui.

— Por que você está fazendo isso? – perguntou Andrella. – Por que está mentindo?

Osmorne ergueu o queixo, seu tom de voz duro e cheio de razão:

— Mentir não é uma qualidade Metropolitana.

Capítulo Três

Sentada no sofá de casa, Andrella não conseguia entender o que tinha acontecido. Por que Osmorne e Straus estavam mentindo? Por quê, se eles mesmos tinham mandado chamá-la no dia anterior? Osmorne... Ela, Andrella até conseguia entender, pois era uma coordenadora ambiciosa, mas o diretor Straus? Ele era um dos Sete Conselheiros de Metrópole, como poderia mentir?

Algo estava errado com aquela história. Ou ela estava louca. Andrella prendeu a respiração. E se tivesse enlouquecido? E se tivesse inventado tudo aquilo? Não, não teria inventado um crime envolvendo tio Argorio. Era anti-Metropolitano demais. Mas se ela fosse louca... Como poderia provar que tio Argorio estava sumido? Qual tinha sido o último caso de doença mental em Metrópole?

— O cartão.

Tirou do bolso o cartão que o homem de terno azul tinha entregado a ela. Era uma prova de que tinha sido verdade? Não. Era a prova de que o homem de terno azul tinha estado lá. Mas de que adiantava?

Tenho certeza de que se trata de um engano. Se tiver qualquer tipo de problema, por favor, ligue para o telefone no cartão. Não tinham sido essas as palavras dele? Um engano... A cabeça de Andrella dava voltas. Deveria ligar para aquele número? *Agência de Segurança Privada.* O que era aquilo, afinal? Nunca tinha ouvido falar de uma agência de segurança em Metrópole. Que dirá uma que fosse privada. De qualquer forma, não poderia ligar. Não tinha um telefone que funcionasse.

Tinha que ser racional. Precisava pensar em uma saída. Calma e tranquilamente, como uma Metropolitana. Poderia mandar uma mensagem ao Conselho Metropolitano, sim, faria isso. Afinal, queria saber se haviam encontrado alguma coisa a respeito de tio Argorio. Precisava também mostrar a Osmorne e a Straus que não estava louca, precisava provar que não estavam mentindo. Para isso, precisava de mais uma pessoa: da inspetora Copérnica.

Sabia que a inspetora Copérnica não morava muito longe de sua casa. Mandaria uma mensagem em seu eletrônico de recados para a Superintendência do Conselho Metropolitano e depois iria procurá-la.

Mais animada, Andrella subiu as escadas pulando dois degraus de cada vez e escreveu em seu eletrônico de recados:

Caros membros honorários de Metrópole,

Gostaria de saber como vai o andamento das investigações sobre o caso de Argorio apud Luna-Stenka, meu tutor. Recebi a mensagem da Agência de Segurança Privada.

Por favor, considerem essa mensagem.

Andrella apud Gabriela-Armed.

Abriu o armário e pegou seus tênis. Precisava encontrar Copérnica.

A inspetora Copérnica morava a duas ruas da casa de Andrella. Ela se lembrava bem porque tio Argorio algumas vezes tomava chá na casa dela. Eles tinham trabalhado juntos uma vez, aprovando algum tipo de lei de pesquisa. Era uma casa de tamanho médio, logo na esquina. Tinha paredes amarelas e um jardim extremamente bem cuidado na frente. Andrella sabia que Copérnica morava sozinha, não tinha filhos nem marido.

Ainda não sabia exatamente o que iria dizer, mas se sentia mais confiante. Copérnica era uma Metropolitana exemplar. Com certeza não mentiria. Se alguém poderia ajudá-la, seria ela. Ajeitou os cabelos e bateu na porta três vezes.

Demorou alguns minutos até que alguém atendesse. Andrella se surpreendeu ao ver uma mulher ruiva de pescoço fino atender.

— Por favor, poderia dizer a Copérnica que Andrella apud Gabriela-Armed está aqui?

— Copérnica não está. Ela teve que comparecer hoje a uma audiência especial com o Conselho Metropolitano.

O coração de Andrella bateu forte. Com certeza era sobre o tio Argorio!

— Quando ela volta?

— Não sei – informou a ruiva. – É uma audiência importante sobre pesquisa em educação.

O sorriso despencou do rosto de Andrella. Reunião sobre

pesquisa em educação? Como podiam estar pensando nisso quando um crime acontecera em Metrópole?

Andrella despediu-se da mulher que disse se chamar Veridiana sentindo os ombros pesados.

Suas esperanças estavam agora na mensagem que enviara ao Conselho. Não sabia mais a quem recorrer. No entanto, não conseguia deixar de pensar como era estranho Metrópole não ter sido noticiada sobre o crime. Com certeza as pessoas tinham que saber o que estava acontecendo!

Assim que abriu a porta da casa, sentiu que algo estava terrivelmente errado. Acendeu a luz. Os móveis da sala de estar haviam sido quebrados. Os finos objetos de decoração em vidro de tio Argorio estavam agora espatifados no canto esquerdo. O tapete, o sofá, tudo estava revirado e jogado num canto. Andrella não conseguiu abafar um grito de horror.

Saiu correndo para as escadas e encontrou seu quarto igualmente destruído. O que estava acontecendo? Quem teria feito aquilo? Por quê? Nunca tinha ouvido falar em algo tão absurdo, tão *criminoso*. Quem iria destruir a casa de uma pessoa e por qual razão?

Todos os seus livros, sua escrivaninha, suas coisas, tudo jogado no chão e quebrado como se fosse lixo. E largado logo acima do tapete embolado estava seu eletrônico de recados, completamente destruído, como se alguém tivesse pisado em cima dele. Andrella pegou o aparelho e tentou ligá-lo novamente, mas não conseguiu. Precisava avisar as autoridades sobre o que tinha acabado de acontecer. No entanto, como o faria se seu eletrônico de recados fora aniquilado?

Tio Argorio tinha um aparelho de comunicações no escritório. Andrella desceu correndo as escadas para encontrar o local igualmente devastado. Os livros de tio Argorio pareciam ter sido queimados juntamente com as cortinas púrpura. Andrella não queria pensar no que teria acontecido a ela se por algum motivo não tivesse ido atrás da inspetora Copérnica.

— O que está acontecendo? – murmurou, caindo de joelhos e segurando o choro com o máximo de força que conseguia reunir. – O que está acontecendo?

A pergunta flutuou em sua mente por alguns instantes, mas Andrella voltou a ficar alerta quando ouviu um barulho vindo do hall. Pareciam passos. O coração da garota congelou. Tinha alguém dentro da casa. A pessoa que tinha feito tudo aquilo. Não era um

Metropolitano, não podia ser... Os passos ficavam mais altos, a qualquer momento o estranho ganharia o corredor e entraria no escritório.

Andrella suava frio. Era aquela sensação tão anti-Metropolitana e, no entanto, extremamente *real:* medo. Precisava pensar em algo, e rápido. Precisava se esconder. Onde? Onde? *Onde?* Olhou em volta e só viu o armário do tio, aquele que ele usava para guardar as capas e outros objetos pessoais. Seria suficientemente grande para que coubesse nele? Tinha que ser. Quando os passos ficaram insuportavelmente altos, Andrella abriu a porta do armário de chofre e se enfiou dentro dele, embolando-se com as capas velhas reviradas e livros com páginas arrancadas.

Ouviu os passos ganharem o escritório. Andrella não conseguia ver quem era, estava de costas para a porta do armário e não se atrevia a virar para encontrar uma fresta. Pela primeira vez na vida pensou na morte. Não na morte Metropolitana, tranquila, mas na morte da época do Grande Caos; a morte repentina, com dor e agonia. A morte provocada quando uma pessoa matava a outra.

Ela ia morrer. Andrella entrou em pânico, não conseguia se controlar. O dono dos passos abriria a porta do armário a qualquer momento. Oh, Metrópole, ele ia matá-la, *matá-la,* como nos tempos antigos. Eles estavam voltando. E o medo também, ah, *o medo*!

Andrella começou a chorar; rapidamente, ela espremeu a boca com o punho para conter os soluços. Como seria a dor de morrer?

Ouviu barulhos altos de madeira se arrebentando no chão. Estaria o estranho destruindo todas as gavetas da escrivaninha? O que faria se a encontrasse? Começou a chorar ainda mais desesperadamente, ainda segurando os soluços. Sem controle, arranhou a parede do fundo do armário, num esforço contraditório de tentar se conter e se desesperar ao mesmo tempo.

Foi quando sentiu o buraco na parede do fundo. Andrella sentia o coração bater depressa. Enfiou o dedo trêmulo e escorregadio nele e sentiu uma espécie de trinco de metal na ponta do dedo. Apertou e ouviu um estalido. O fundo do armário tinha se movido.

Não dava para ter certeza, é claro, estava no escuro, mas pelo eco parecia um túnel. Andrella tentou se acalmar afastando os cabelos embaraçados da frente do rosto. Tateou a parede do fundo e viu que tinha razão: no canto da esquerda havia um vão suficiente para passar os dedos das mãos. Andrella empurrou a parede, que cedeu facilmente.

Do lado de fora, o estranho parecia continuar a destruir o escritório. Se abrisse o armário iria encontrá-la. Precisava sair dali. *Depressa.*

Prendeu a respiração quando empurrou ainda mais a parede. O barulho dos passos cessara, mas Andrella conseguia ouvir algo baixo e lento. Seria a respiração da pessoa? E se fosse, quão perto ela teria que estar para permitir que Andrella ouvisse?

Não pensou muito antes de se enfiar pelo que parecia ser uma porta oculta. Se arrastou pelo túnel gelado e depois se contorceu para se virar e fechar a passagem pela qual tinha entrado. Sentia as costas estalando com o movimento no local apertado, mas não parou. Quando conseguiu deixar a passagem mais ou menos fechada, se lançou no corredor, os braços e pernas ralando nas paredes.

Se iria morrer, que pelo menos fosse tentando viver.

Depois de alguns metros o túnel escuro foi se alargando. Em pouco tempo, Andrella conseguiu engatinhar e logo depois já podia ficar ajoelhada. A escuridão agora não era mais total e podia divisar ao fundo uma luz pálida. A fresta de uma porta para o outro lado.

Começou a respirar mais depressa aquele ar viciado. Tudo que pensava era fugir. Estaria longe o bastante? Achava que sim. Certamente era uma parte da casa que ela mesma nunca tinha sequer cogitado existir.

Quando o túnel ficou alto o suficiente para quase conseguir ficar de pé, Andrella esbarrou com uma porta de metal.

Ela também cedeu facilmente quando Andrella a empurrou. No entanto, a garota percebeu que aquela porta tinha todos os sinais de ser bem protegida em outras ocasiões, pois havia cadeados destrancados e uma fechadura de aparência bem resistente. Por que o descuido de deixar algo tão importante assim aberto? E mais: por que tio Argorio tinha uma passagem secreta dentro do armário do escritório?

A curiosidade tomou o lugar do medo e Andrella seguiu em frente por uma sala amplamente iluminada em luz branca. A garota nunca tinha estado em um hospital, mas vira ilustrações em livros e achou que aquele lugar se parecia bastante com elas.

E parecia mesmo.

Havia ampolas penduradas no teto e mesinhas com agulhas e outros materiais perfurantes. Armários com porta de vidro contendo frascos cheios de uma substância viscosa transparente e monitores, muitos monitores que mostravam dados confusos em letrinhas verdes.

A garota observava um desses monitores quando viu, deitada numa maca e ligada a vários aparelhos, uma garota completamente nua.

E ela era uma cópia exata de Andrella.

Interlúdio

Parte 1: Fragmentos do Vigésimo Sétimo diário científico de Argorio apud Luna-Stenka

14 de janeiro do ano da mudança 23

O experimento tem acontecido de forma bastante tranquila durante a semana. A adição de fosfato no suplemento vitamínico facilitou o processo de hipermemorização, tornando-o mais rápido e sem a necessidade de ser realizado durante o sono profundo.

23 de março do ano da mudança 23

Durante minha vistoria vespertina ao laboratório, encontrei o experimento se remexendo e tremendo com tal intensidade que a maca vibrava de maneira incontrolável. Parecia estar imerso em uma espécie de pesadelo. Administrei uma dose de calmante ao soro de controle.

5 de maio do ano da mudança 23

O experimento continua a sofrer de perturbações durante o sono. Entretanto, o processo de hipermemorização permanece funcionando perfeitamente. Tenho me dedicado a estudar as ondas emitidas pelo cérebro do experimento. Temo que algum dano possa ter sido causado pela exposição constante ao processo de hipermemorização.

1º de junho do ano da mudança 23

Não há qualquer constatação irrefutável de que o processo de hipermemorização possa ter causado a perturbação no experimento. Observei que o mesmo acontece também com o duplo, portanto não se trata de um problema orgânico. Os dois lados apresentam os mesmos sintomas.

14 de junho do ano da mudança 23

Não foram encontrados quaisquer danos cerebrais no experimento. Apesar de as perturbações terem amainado nos últimos dias, o experimento ainda sofre de pequenos espasmos durante o sono. Todas as atividades cerebrais estão sendo monitoradas vinte e quatro horas por dia.

17 de julho do ano da mudança 23

O experimento voltou a sofrer espasmos mais fortes, chegando, inclusive, a fazer tremer a maca durante aproximadamente dois minutos. Estou muito preocupado, pois não consigo encontrar uma solução ou mesmo uma explicação científica razoável para este problema. O que me deixou extremamente perturbado foi ter conversado com Andrella esta tarde. Ela estava muito abalada e chateada por ter terminado seu relacionamento com um rapaz de nome Derek apud Maria-Quinceno. Inclusive, ela chegou a sair do comportamento padrão de Metrópole, ficando nervosa e pálida. Quando voltei ao laboratório, o experimento tremia na maca. Seria algum tipo de reação-espelho? O que acontece com o duplo começou a afetar o experimento? Por quê?

30 de agosto do ano da mudança 23

Durante a tarde, um fato curioso aconteceu. O experimento não só entrou novamente no estado perturbado que demonstrara nos últimos meses, mas chegou a abrir os olhos e gritar, como se sentisse uma dor intensa. Ministrei calmantes no soro, mas não foi suficiente. A perturbação durou cerca de meia hora e depois cessou, com o experimento caindo em um sono profundo, como se nada tivesse acontecido. A ausência de fosfato no suplemento vitamínico não tem demonstrado qualquer alteração. Não é o fosfato que está causando as perturbações do experimento. Tentei observar se outra reação-espelho aconteceu, mas não percebi em Andrella qualquer tipo de alteração. Injetei uma dose extra de calmante no experimento.

7 de setembro do ano da mudança 23

Não consegui perceber se a dose extra de calmante teve qualquer efeito em Andrella. Ela parece normal, mas temo que ela possa começar a manifestar os efeitos da dose extra de calmante a qualquer momento; essa medida, no entanto, foi necessária, uma vez que demonstrou ser a única coisa que deteve os espasmos no experimento. Se acontecer algum efeito colateral, o que farei? Como explicarei a Andrella? Terei passado dos limites? O cérebro das duas irmãs aguentará mais processos de hipermemorização durante toda a vida?

Parte 2: 14 de abril do ano da mudança 8

— Entre, Alexandra.

A porta se fechou depressa. Chovia muito.

A mulher tirou a capa, visivelmente insatisfeita, e seguiu o homem que a recebera escada acima. A casa era austera, com papel de parede azul escuro e luzes amarelas em bonitas luminárias de vidro fosco. Uma casa digna de um homem com uma grande posição em Metrópole, claro.

— É uma casa linda, não é mesmo, mamãe? – falou uma garota de cabelos ruivos.

A mãe, Alexandra, não respondeu.

Assim que entraram no corredor, ouviram gritos. A garota se assustou, encolhendo-se mais para perto da mãe enquanto perguntava:

— Mas o que é isso, mamãe? Algum animal? – seus olhos estavam arregalados de puro horror.

— Não, essa é a esposa do senhor Argorio.

Ela tremeu e lançou um olhar de medo às costas do homem alguns passos à sua frente. Não, não era possível que aquele som saísse de um ser humano.

— Mas mamãe... – começou ela, ainda sem entender.

— São gritos de dor, Veridiana – explicou a mãe calmamente.

— *Dor*? – horrorizou-se a filha. Nunca tinha sentido dor em toda a sua vida, não havia dor em Metrópole. Ou pelo menos não uma que pudesse causar gritos como aqueles.

— Ela está em trabalho de parto. – O olhar intrigado de Veridiana fez com que a mãe continuasse: – Quer dizer que ela vai ter um bebê.

— Por que ela não vai a um hospital?

— Eu ainda não sei.

Elas fizeram silêncio quando Argorio parou em frente à porta. Pelo volume dos gritos, a mulher devia estar dentro do quarto.

— Obrigado, Alexandra – falou numa voz muito séria. – Preciso que me ajude.

— Por que você não leva essa pobre coitada a um hospital, Argorio? – perguntou Alexandra, franzindo as sobrancelhas – Por que deixá-la sofrer tanto?

— Não posso levá-la a um hospital – disse ele, sério.

— Por que não?

— Porque esse parto possui muitas peculiaridades. Se eu a levar ao hospital, eles irão descontar pontos dela por ter problemas de saúde. Ela pode perder o emprego.

— Mas essa é a regra de Metrópole. Tenho certeza de que uma complicação no parto não a fará perder pontos o suficiente para que lhe tirem o emprego – disse Alexandra, um tanto desconfiada.

— Você não entende, Alexandra – uma das mãos de Argorio tremia ligeiramente. – Esse parto tem *mesmo* muitas peculiaridades. Ela está sofrendo dores terríveis e está delirando. Acho que pode estar morrendo.

— O quê? – bradou a mulher. – Como você deixou as coisas chegarem a esse ponto, Argorio?

— Preciso de sua ajuda, Alexandra. É a única que pode ajudá-la.

Veridiana soltou um gritinho abafado.

— Sua filha, você disse que...

— Eu não sabia que seria uma coisa dessas, Argorio! Como poderia imaginar? Precisarei de toda ajuda que puder conseguir. Não faço um parto à maneira natural desde o Grande Caos.

— Você pode ajudar? – perguntou Argorio, a voz trêmula. – Não quero que Gabriela morra.

— Veridiana, pegue umas toalhas e água quente na cozinha. E suba aqui o mais rápido que puder.

A garota lançou outro olhar de puro terror à mãe.

— Faça o que estou dizendo! – berrou ela.

Veridiana estacou por alguns segundos, mas depois saiu correndo para trazer o que a mãe pedia.

— Me deixe vê-la – falou Alexandra em tom urgente.

— Claro.

Assim que a porta abriu, Alexandra achou que fosse desmaiar, como nos tempos do Grande Caos. Fazia no mínimo vinte anos que não sentia uma vertigem, mas, por todos os ideais de Metrópole, aquela mulher estava morrendo.

— Me traga uma tesoura afiada e a faca ou bisturi que você tiver. Não se esqueça de esterilizar.

— C-claro – e Argorio sumiu do quarto.

O modo como ele repetia aquela palavra o tempo todo era irritante.

Alexandra aproximou-se da mulher, Gabriela. Ela tinha os olhos revirados e suava frio. Entre os gritos excruciantes de dor, balbuciava coisas sem sentido. Alexandra sabia que provavelmente era o primeiro incidente daquele tipo em Metrópole. Se alguém ficasse sabendo...

— Aqui está, mamãe – falou Veridiana entregando as toalhas e a água quente à mãe.

O olhar dela pousou na mulher à sua frente.

— Isso, Veridiana – disse Alexandra, devagar – é o que acontecia antes de Metrópole. Dor... morte... sujeira... Grave bem esta imagem e agradeça todos os dias por termos superado a degradação humana. Agora me ajude.

As duas arrumaram o lugar. Tiraram os lençóis sujos, prepararam as toalhas e tentaram confortar Gabriela com travesseiros. Quando Argorio voltou, Alexandra mandou que Veridiana trouxesse gengibre.

— Acha que ela vai ficar bem? – perguntou Argorio.

— Pare de mentir, Argorio – falou Alexandra numa voz dura. – Não é uma atitude Metropolitana. Esta mulher está morrendo porque não foi levada ao hospital...

— Ela começou a ficar assim de repente e...

— Não tente me enganar! Você acha que eu sou o quê, idiota? Já vi centenas e centenas de partos, então não me subestime. – Os olhos dela estavam estreitos de raiva. – Você a deixou assim. Isso não é fruto de um parto com complicações, você fez alguma coisa. O problema não é ela, é você!

Argorio ficou pálido. Alexandra achou que ele fosse esbofeteá-la, mas não. Virando o rosto para o lado oposto do quarto, disse:

— Pensei que conseguiria fazer o parto.

— Você o quê?

— Sou um cientista renomado, tinha certeza de que conseguiria realizar um parto. Afinal, é um procedimento médico simples.

— Você não sabe o que diz... Não tem a mínima ideia do que fazer! Você acha que é só deitá-la numa cama e deixar que as coisas aconteçam? Vou dizer uma coisa a você, Argorio: se essa mulher morrer, a culpa é toda sua. Agora saia daqui! – E, como o homem se manteve no mesmo lugar, ela gritou ainda mais alto: – Saia daqui ou coloco você pra fora!

Sob o olhar furioso de Alexandra, ele deixou o quarto.

Estava nervoso, não, estava mais que nervoso, apavorado. Se Gabriela morresse... Alexandra tinha razão, se Gabriela morresse a culpa seria toda dele. Mas não podia, simplesmente não podia tê-la levado ao hospital. Se o tivesse feito, as consequências poderiam ser piores. Confiava em Alexandra, não só por sua habilidade, mas pela sua discrição. Ela não iria contar às autoridades. Os dois estiveram juntos no Grande Caos, eles se conheciam bem demais para que ela o delatasse às autoridades.

A filha de Alexandra, Veridiana, voltou trazendo alguns pedaços de gengibre. A mãe saiu do quarto assim que a garota chegou, pegou a erva e começou a mascar furiosamente.

— Esse filho não é seu, é?

Ele levantou os olhos, era Alexandra.

— Não – ele respondeu francamente.

— Então de quem é?

— De um homem chamado Armed – falou Argorio numa voz grave. – Gabriela tinha um envolvimento com ele.

— E onde está esse Armed? – perguntou Alexandra, triturando o gengibre.

— Eu não sei, mas provavelmente morto.

— Isso não tem nada a ver com Demra, tem?

— Não – respondeu Argorio, lançando um olhar de aviso em direção a Veridiana. – Eu não sei o que aconteceu com Armed. Ele fugiu e morreu. Pelo menos foi o que Gabriela soube.

— Você sabe que ela vai ter gêmeos, não sabe? – disparou Alexandra. – Foi por isso que não foi ao hospital, não foi?

— Por favor, salve-a.

— Vou ver o que posso fazer. Mas vou precisar de sua ajuda.

Veridiana nunca esqueceu aquela noite chuvosa. Ela teve que ajudar aquele homem estranho, Argorio, a segurar a pobre mulher, enquanto sua mãe tentava fazer com que ela desse à luz. Os lençóis brancos estavam ensopados de suor, secreção e sangue. A garota nunca tinha visto tanto sangue em toda a sua vida. Parecia algo extremamente contagioso e errado.

— Não deixe que ela apague, Veridiana. Jogue água na cara dela, grite, mande que ela faça força!

Depois de algumas horas, a esposa de Argorio trouxe dois bebês a Metrópole. Veridiana achou que a mulher fosse morrer, pois ela fechou os olhos de forma tão repentina... Sua mãe disse que era um desmaio e que era mesmo provável que isso acontecesse.

Veridiana saiu correndo para lavar o rosto no banheiro. Nunca tinha visto coisa parecida em toda a sua vida. O que era aquilo? Por que aquele homem não tinha simplesmente levado a mulher ao hospital e poupado toda aquela... *coisa*?

Saiu da casa uma hora depois em companhia de sua mãe, que disse:

— Não devemos contar isso a ninguém, Veridiana. Está me entendendo? Você é uma aluna exemplar em Metrópole, não gostaria de perder isso, gostaria?

— Claro que não – falou a garota, ainda assustada. – Mas como ele vai explicar que a esposa teve dois filhos em casa? Eles vão perceber, mãe! A não ser que... – uma expressão de compreensão tomou conta do rosto de Veridiana. – É por isso que ele te chamou, não é mãe? Porque você vai fazer um registro no hospital!

— Fique quieta, Veridiana. Não arranje mais problemas – a voz dela era firme.

— Aquela mulher vai ficar bem? – perguntou a garota. – E os bebês?

— Gabriela vai sobreviver. No entanto, um dos bebês morreu.

— O quê? – gritou Veridiana, estacando no meio da rua. – *Morreu*?

Achava que iria desmaiar, como aquela mulher depois do parto.

— Mais uma vez, Veridiana, fique quieta. Ninguém precisa saber que Gabriela deu à luz duas crianças. Ninguém precisa saber. Agora vamos.

E, colocando o braço no ombro da filha, seguiu noite adentro.

Capítulo Quatro

Andrella largou o diário de tio Argorio no chão frio do laboratório. Não conseguia demonstrar qualquer reação. Não conseguia sentir nada. Sentia-se simplesmente vazia, oca, como se toda e qualquer demonstração emocional tivesse sido sugada de si. Um vácuo. Um pedaço de vento, qualquer coisa.

Olhou o laboratório mais uma vez. Não era possível. Não era real. Não era *possível*. Toda a sua vida era uma mentira. E nada era real, *nada*. Era um experimento científico. Nada mais que um experimento científico.

Real. Realidade. Realçar...

Tinha examinado os equipamentos da sala, os aparelhos, as instruções no computador, os diários científicos de tio Argorio. Andrella apud Gabriela-Armed não existia. Não era real. Nunca fora.

Durante quinze anos tio Argorio tinha realizado uma espécie de experiência científica doentia com as duas filhas de sua esposa num laboratório não oficial. E Andrella tentava encontrar conforto na ideia de que sua mãe nunca tivesse sabido. Que ela nunca tivesse autorizado uma coisa daquelas, porque nenhuma mãe, nenhum Metropolitano, poderia jamais permitir que aquilo fosse feito com alguém...

Andrella escorregou pelo ladrilho da parede e começou a chorar. Mas não era um choro de medo e desespero como aquele pouco menos de uma hora atrás; ele parecia vir porque simplesmente não havia mais nada a fazer. Não havia nada mais a sentir. A não ser frio.

Hipermemorização. Ela lera o nome no monitor e depois descobrira o que era no computador médico. Entendera que não era Andrella apud Gabriela-Armed, jamais fora. Todas as noites, enquanto dormia, tio Argorio a plugava numa máquina e suas memórias do dia eram passadas para o *experimento*. E então sua irmã gêmea assumia o dia enquanto *ela* se tornava o experimento. E durante a noite, as novas memórias eram inseridas na mente do experimento e elas trocavam de lugar mais uma vez. As duas, e ao mesmo tempo nenhuma das duas, eram Andrella apud Gabriela-Armed.

Pensou em sua vida, em suas lembranças. Nada era verdade. Quem as teria vivido? Ela ou o experimento? Não tinha identidade. Era apenas... um ser. Desprovido de qualquer individualidade ou história. Pensou em Derek. Tinha sido ela quem dera o primeiro beijo? Ou fora sua irmã? Teria sido ela quem terminara com Derek? Era ela quem sonhava com a mãe? Ou era a gêmea? Mas que diferença fazia? Havia apenas uma história. A vida de Andrella. E havia dois corpos. E nenhuma vida. Não havia nada.

Nem luz. Nem treva.

Andrella acordou devagar, sentindo a cabeça pesar muito. Abriu os olhos com dificuldade. *Preciso sair desse laboratório*, foi seu primeiro pensamento. Levantou-se devagar, apoiando-se num armário cheio de ampolas. Ajeitou a roupa e lançou um olhar demorado ao corpo na maca.

Era sua irmã gêmea. Também era Andrella. Tinha o mesmo corte de cabelo que ela, as mesmas marcas nos pés. Tio Argorio definitivamente era cuidadoso.

Todos esses anos... sozinha. Ou sozinhas. Ainda não sabia.

O monitor mostrava linhas verdes subindo e descendo. Uma série de apitos estranhos enchia a sala. O soro enchia as veias de sua irmã.

Saiu do laboratório cambaleando ligeiramente, sem sentir nada enquanto se arrastava pelo corredor escuro. Tateou as paredes em busca do fundo falso do armário. Abriu-o sem dificuldade. Passou pelo monte de livros e casacos e saiu no escritório de tio Argorio. Tio Argorio... Quem era Argorio apud Luna-Stenka?

A casa estava em silêncio. Foi até seu quarto e procurou uma bolsa grande de pano. Depois até a cozinha e guardou algumas frutas e pão. Não podia ficar naquela casa, isso era fato. Principalmente se o dono dos passos resolvesse voltar.

Fechou a porta da frente e ganhou a rua. O dia estava amanhecendo. Para onde iria? Para a casa de Elis? Com aquela cara amassada e cabelo desgrenhado? Era provável que a amiga batesse a porta na cara dela. Mas se não fosse assim, para onde? Para a casa de Derek? Achava que não conseguiria encará-lo. Não mesmo. Se bem que nunca saberia se fora ela quem terminara com Derek. *Foi Andrella*. Era a resposta que vinha à sua mente. Andrella. Era quase como uma entidade, uma abstração.

Andou duas quadras e depois deu uma volta no quarteirão. A ideia de que não tinha para onde ir cruzou sua mente como um raio. Realmente, estava perdida. E não era só porque estava chateada por conta de um fracasso. Não tinha para onde ir porque tio Argorio estava desaparecido e ninguém parecia fazer nada, sua casa tinha sido atacada e descobrira que era um projeto científico. *Absurdo. Abdução. Aberração.*

Não sabia o que fazer e nem todos os jogos de palavras do mundo lhe dariam uma resposta para sua vida. Mas que vida, afinal? Estava tudo acabado. Mas acabado de um jeito diferente do fracasso dos dias anteriores. Simplesmente acabado.

Acabar. Acabamento... – *Tire essa coisa estúpida da cabeça agora*!

Imaginava o que o Conselho de Metrópole faria se descobrisse uma coisa daquelas. Era um fracasso na Educação Metropolitana, Straus e Osmorne estavam mentindo sobre o que acontecera com tio Argorio e Corpérnica estava viajando. Não podia fazer nada quanto a isso. Alguém entrara e destruíra sua casa. Ninguém jamais acreditaria. A não ser, talvez, se vissem o laboratório... Não, não poderia. Andrella achava que nunca teria coragem para falar sobre aquilo com alguém. Nunca. *Nunca.*

Decidiu que o melhor seria procurar abrigo com Elis. Tentou dar um jeito nos cabelos e parecer mais normal. Poderia dizer que continuava brigada com tio Argorio. Elis lhe passaria um sermão, mas nunca negaria abrigo. Elis podia ser muitas coisas, mas ainda era sua amiga.

Tocou a campainha e a própria Elis atendeu. Estava pronta para ir à escola, claro, mesmo que fossem duas horas mais cedo.

— Andrella? – perguntou ela, lançando um olhar duvidoso à amiga e a sua aparência amarrotada.

— Olá, Elis – falou a garota, tentando com todas as forças parecer natural. – Pensei que poderíamos tomar um café da manhã e irmos juntas para a escola.

— Você ainda não tomou café da manhã? – perguntou Elis, os olhos desconfiados.

— Sabe como andam as coisas entre meu tio e eu...

— Você ainda está dando uma de rebelde? – perguntou Elis, revirando os olhos. – Por toda Metrópole, Andrella, você só está se afundando. E você sabe que eu odeio rebeldia. É tão anti-Metropolitano.

— Por favor, posso entrar?

— Argh – exclamou Elis, abrindo a porta. – Eu não consigo entender você, não consigo...

A casa ampla de Elis, com suas janelas largas e salas espaçosas, deixou Andrella nervosa.

Elis serviu suco de frutas com pão e Andrella comeu com gosto. Ainda não tinha percebido o quanto estava com fome.

— Onde você estava ontem? – perguntou Elis, tentando esconder certa preocupação. – Você não foi à Educação Metropolitana.

— Eu sei – respondeu Andrella, tentando parecer normal. – Não estava me sentindo bem. A enfermeira me dispensou.

— É mesmo? – Elis não conseguia esconder o olhar de pura desconfiança.

Andrella fez que sim com a cabeça enquanto comia uma grande fatia de pão com geleia.

— Osmorne está procurando você, sabia? – falou Elis, tentando soar despreocupada. – Mandou vários recados no seu eletrônico, até veio falar comigo, você não recebeu?

— Meu eletrônico está com defeito – respondeu Andrella devagar. – Vou pedir para meu tio consertar. Você sabe o que ela queria comigo?

— Não. Mas ela não parecia muito feliz.

— Imagino que não.

— Vou caminhar até a Educação Metropolitana, vem comigo?

— Ham – hesitou Andrella. Não queria ver Osmorne. Devia ter pensado nisso. Não confiava nela. Ela estava mentindo, como todo mundo. Inclusive ela mesma. – Na verdade, acho que vou pra casa antes, sabe como é, me reconciliar com tio Argorio.

— Acho que você faz muito bem. Estou com tempo, vou acompanhar você até a sua casa.

Forçando um sorriso, Andrella exclamou:

— Ótimo.

As duas amigas andaram devagar de volta até a casa de Andrella. Elis tagarelava o tempo todo sobre sua nova sequência de notas no violino e como achava que conseguiria uma vaga como bolsista no Centro de Música Metropolitana.

— ... e eu poderia então investir ainda mais na carreira matemática. Afinal, minha combinação de acordes está perfeita.

— Que maravilha, Elis – falava Andrella, sem prestar muita atenção.

Ir até a casa de Elis tinha sido um erro. Andrella sentiu-se burra por não ter percebido isso antes. Mas, pelo menos, ficara sabendo que Osmorne estava atrás dela. O que será que a coordenadora ainda queria? Estaria com medo de que Andrella tivesse ido até o Conselho e contado alguma coisa?

Foi seguindo essa linha de pensamento que a garota relacionou Osmorne à invasão de sua casa. Afinal, seu eletrônico de recados tinha sido quebrado logo após ela ter mandado uma mensagem para o Conselho Metropolitano. Era um raciocínio lógico e limpo. Mas Osmorne não poderia ter feito uma coisa dessas, ela era uma Metropolitana!

Não teve muito tempo para matutar a ideia, pois chegaram à porta de casa. Andrella empurrou a grade devagar, dizendo:

— Obrigada pela companhia, Elis.

— Eu entraria um pouco para conversar com vocês, mas acho melhor você e seu tio se acertarem. – Ela se despediu da amiga, dizendo: – Espero que possa voltar ao normal, Andrella. Talvez esse fracasso tenha lhe ensinado algumas lições Metropolitanas.

Andrella respirou fundo e entrou na casa. Precisava entrar e ficar alguns minutos antes de... Antes de quê? Para onde iria? O que faria dali para frente?

Entrou na sala destruída e sentou-se numa cadeira que ficara de pé. Precisava pensar claramente, racionalmente, Metropolitanamente. Precisava se acalmar. Não adiantaria nada ficar...

Um barulho a fez levantar da cadeira de chofre. Vinha da cozinha. Assustada, Andrella andou devagar até as escadas e subiu até o andar superior, tentando fazer o mínimo de barulho possível. Se entrasse no quarto de tio Argorio, talvez conseguisse passar pela janela e descer até o lado de fora... A janela de tio Argorio dava para a árvore do quintal, que crescia bem perto. Quando criança, ela costumava sonhar que um dia desceria por aquela árvore.

— Parada.

Andrella levou um susto ao ver que logo no fim do corredor havia uma mulher. Ela vestia roupas pretas, um tecido brilhante que Andrella nunca tinha visto, e apontava um objeto estranho para a garota.

— Está vendo isso aqui na minha mão? – perguntou a mulher numa voz séria. – Isso aqui é uma arma. Sabe o que é uma arma?

Tudo que Andrella conseguia fazer era encará-la e tentar a todo custo diminuir a tremedeira que tomara conta de seu corpo. Tudo naquela mulher emanava perigo e medo.

— Eu perguntei se você sabe o que é uma arma – repetiu a outra. – Responda!

— Eu não sei – gemeu Andrella, apavorada. – Eu não sei o que é uma arma.

Facas podiam ser armas. Assim como energia nuclear. Mas como aquele pedaço de metal preto poderia ser uma?

— Isso aqui pode te machucar, garota, e muito. Então é melhor ficar quieta ou eu terei que usá-la. Só quero que responda a algumas perguntas, está bem?

Andrella continuava a tremer.

— Eu perguntei se está bem! – gritou a mulher, dando dois passos em direção à garota.

— Está bem, está bem – murmurou Andrella, suando frio de tanto medo. Não sabia como uma arma poderia machucar alguém sendo um pedaço de metal, mas achava que não seria muito bom descobrir.

— Ótimo – falou a mulher. – Então vamos começar. Você é Andrella *apud Gabriela-Armed*? – A garota não pôde deixar de notar um trejeito sarcástico na voz da outra. – Responda!

— Sim – respondeu ela, tremendo –, sou eu.

— Você mora com Argorio *apud Luna-Stenka*?

— S-sim.

— Quantos anos você tem?

— Q-quinze.

— Ótimo! – exclamou a mulher baixando a arma. – Venha comigo se quiser viver.

Capítulo Cinco

Andrella deu dois passos em direção à mulher, mas aquilo não pareceu ser suficiente. Ela puxou a garota pelo braço com força e encostou a arma na cabeça dela. O toque era frio.

— Faça exatamente o que eu disser e você não vai se machucar.

A garota assentiu com a cabeça. Ainda tremia e suava. Qual seria o efeito daquela arma? O que aconteceria se aquela mulher resolvesse machucá-la? Onde estavam as pessoas civilizadas do mundo? *Metrópole é a* única *civilização.*

— Quero que me diga a senha do veículo do seu tio – falou a mulher devagar.

— Eu não sei – murmurou Andrella.

— Mas é claro que sabe – falou a mulher, rangendo os dentes.

— Eu não sei, não sei! – gritou Andrella ao sentir a pressão da arma aumentar contra sua têmpora.

— Então ache um jeito de saber.

A mulher empurrou Andrella contra a parede oposta e a garota sentiu o braço se chocar com força. Aquilo era dor. Nunca tinha sentido tanta dor em toda a sua vida.

— É patético como vocês sempre se assustam com as menores coisas – falou a mulher, e Andrella não soube dizer ao certo se ela sorria ou fazia cara de nojo. – Procure a senha.

Ela apontou a arma em direção à garota mais uma vez. O rosto era duro como pedra.

— Eu não sei... É verdade, eu não sei! – Andrella reparou que estava quase chorando.

— Deixa eu te falar uma coisa, garota: você não vai querer ficar aqui. Você não acha que esse lugar é um *pouquinho* perigoso? Que o pessoal que pegou o seu querido tio não vai querer voltar aqui pra te pegar? Ou será que eles já vieram e você teve sorte? – O olhar da mulher recaiu nos móveis quebrados da sala. – Aposto que você já viu alguém por aqui...

A imagem do homem de terno azul veio à mente de Andrella como um *flash*. Era verdade, e se eles estivessem mesmo vindo? Como aquela mulher sabia?

— Eu não tenho a senha, mas...

— A gente precisa sair daqui rapidinho, garota, você não faz ideia.

— ... mas eu sei a senha de outro carro!

Era impressionante como a mulher nunca soltava aquela arma.

— Que outro carro?

Alguns meses atrás, a mãe de Elis emprestara o carro para que a filha e Andrella dessem uma volta por Metrópole. Era um fato considerado inusitado, mas Elis merecera por ter ganhado um prêmio na escola em decorrência de sua habilidade excepcional em música. Andrella se lembrava bem da senha. Era um logaritmo simples.

— O que foi? Vai ter uma crise de *consciência Metropolitana*?

Andrella lançou um olhar de gelo à mulher.

— É que o carro está na garagem de outra pessoa.

— Que pessoa? – a voz da mulher era rígida, quase um vento gelado.

— M-minha amiga, Elis. – Não sabia como ainda conseguia articular as palavras. – Ela mora a algumas quadras daqui.

Andrella observou a mulher abrir a arma e inserir pequenos pedaços de metal dentro dela. Trec. Trec. O barulho ao fechar o dispositivo era assustador.

— Então me escuta – falou a outra, voltando a apontar a arma para ela. – Não quero que as coisas deem tremendamente errado e que você seja capturada pelos inimigos. Está me entendendo? Porque eles estão muito, muito perto. E eles querem você, Andrella, como quiseram o seu tio.

A menina ouvia tudo sem ao menos piscar. A visão da outra era algo completamente diferente da vida Metropolitana. As roupas pretas, o cabelo sujo, os olhos fundos, o olhar alerta. Tudo nela inspirava uma sensação de perigo à qual Andrella não estava nem um pouco acostumada.

— Nós vamos andar pela rua normalmente, sem correr. Nada de chamar a atenção, entendeu? Se eles nos virem, eu não gostaria de ser você. Eles têm armas muito piores do que essa aqui – ela torceu a boca, quase num sorriso. – Esse carro, ele fica numa garagem?

— Fica – respondeu Andrella devagar.

— Essa garagem possui algum tipo de tranca?

— Eu... não me lembro bem... Normalmente não vou à garagem.

— Então tente se lembrar.

Ela falara aquilo sem olhá-la nos olhos, mas Andrella sentiu que era uma ameaça.

— Provavelmente está guardada por uma tranca simples. Do tipo eletrônica.

— Com alarme?

— Creio que não.

A garota pescou a ironia metálica na voz da mulher quando ela disse:

— Espero que a sua crença seja forte.

Andrella não conseguia entender como alguém simplesmente não abria a janela e via aquela estranha dupla descendo a rua. Ela tremia toda e, por mais que tentasse, não conseguia agir normalmente. Suas mãos suavam, frias, e tinha a impressão de que seria difícil recuperar a sensibilidade dos pés algum dia. A mulher, por outro lado, andava com total confiança, como se estivesse no conforto de sua própria casa e não em uma rua aberta, potencialmente perseguida por inimigos armados. *Por que ninguém nos vê?*

Ao chegarem próximo à casa de Elis, Andrella fez um sinal de que era ali.

— Muito bem – falou a mulher. – A garagem é logo na frente, então imagino que não teremos problemas. Você disse que não há ninguém em casa, não é mesmo?

— Elis está na Educação Metropolitana. A mãe dela trabalha na sede do Conselho e o pai é ouvidor.

— Perfeito.

A palavra soava quase maligna.

Andrella pisou no gramado atrás da outra, devagar. A mulher chegou perto da garagem e se escondeu na parede lateral. Ela fez um sinal para que Andrella viesse atrás.

— Já vi a fechadura eletrônica. Você sabe como abri-la?

A garota fez que não com a cabeça e a outra lhe devolveu um olhar de desprezo, dizendo:

— Fique aqui.

Os passos dela eram incrivelmente silenciosos. A mulher parou em frente à fechadura e Andrella prendeu a respiração. E se ela não conseguisse abrir? Que sabia aquela mulher da vida Metropolitana e de suas tecnologias? E se chegasse alguém? Pior, e se chegasse o homem de terno azul?

Andrella achou que a temperatura estava baixando. Como poderia saber que aquela mulher estava ali para ajudá-la? E se fosse ela o inimigo que tinha levado tio Argorio? E aquela arma? Não era algo Metropolitano.

Um estalo a tirou de seus pensamentos. A mulher aparentemente conseguira abrir a garagem. Tinha retirado a capa da tranca eletrônica e vários fios estavam para o lado de fora. Andrella achou que fora um golpe de sorte (*Sorte. Sorteio. Sortudo*): a casa de Elis era antiga e ainda usava fios para conduzir eletricidade.

Com um pontapé da mulher, a porta da garagem se abriu. O barulho mais uma vez pareceu não atrair olhares na rua. A mulher levantou a arma e apontou para o centro do peito da garota. Andrella se aproximou com passos vacilantes.

— Agora é a sua vez – falou a outra, devagar.

O carro da família de Elis era azul-metálico, um modelo de passeio. Andrella foi até a trava e digitou a senha de sete dígitos. Sete, como tudo em Metrópole. Resolveu o algoritmo. Com um estalido mínimo, a porta destravou.

— Pronto.

— Entre no carro agora, garota.

E mais uma vez a arma estava apontada para ela.

Andrella se sentiu um gato assustado (uma das figuras de linguagem de tio Argorio). Devagar, entrou no veículo. A mulher deu uma olhada na garagem e se preparava para entrar quando a porta que dava para a casa se abriu de chofre.

Instintivamente, Andrella abaixou-se no banco do carona e começou a tremer violentamente. *Eram eles, iria morrer.*

— O que está acontecendo aqui?

Mas era o irmão de Elis, Alfredo.

Devagar, a garota fez menção de se levantar, mas antes que o fizesse ouviu dois estalos fortes. O barulho de algo caindo no chão. A mulher entrou no veículo e começou a se familiarizar com o painel, a arma ainda na mão esquerda.

Depois de alguns segundos, conseguiu ligar o carro e deu ré para sair da garagem. Somente quando estavam quase na rua foi que Andrella viu. Entendera o que causara os dois estalos. O corpo de Alfredo se encontrava ensanguentado na parede do fundo. Era diferente quando sangue não estava numa figura numa aula de ciências.

O grito de Andrella deve ter ecoado por toda a rua. A mulher lhe deu uma pancada na cabeça com a arma e acelerou:

— Está louca? Quer nos denunciar?

— Você... você o m-matou! – A palavra era absurda.

— O que já deixou pistas demais. Imagina se ele tivesse ficado vivo.

Ela virou numa rua à esquerda, passando em frente à Biblioteca Metropolitana.

— Você é louca! – berrou Andrella, erguendo a mão para tocar a nuca, onde tinha levado a pancada.

— Estou aqui para te salvar. Agora fique quieta, vamos passar no centro da cidade.

Andrella olhava as pessoas na rua. Nenhuma delas parecia notar que havia algo de errado dentro daquele carro. Uma olhada, apenas um olhar de relance seria suficiente para perceber que havia algo fora da ordem normal. Uma mulher de preto dirigia e uma garota em pânico estava no carona. Uma olhada. *Apenas uma* – pensou Andrella, desesperada –, *e talvez eu esteja salva*. Mas ninguém olhou. Uma vez sequer.

— Isso é Metrópole, garota – falou a mulher, como se lesse seus pensamentos.

Elas dirigiram até os limites da cidade-estado pelo que Andrella sentiu ser uma eternidade.

— Eles nunca nos deixarão sair sem identificação – falou a garota. E era verdade. A fronteira de Metrópole era controlada pela Coordenadoria de Identificação. Cada Metropolitano tinha um cartão de memória contendo suas informações pessoais. Somente quem tinha autorização podia sair da cidade. Para a própria segurança do cidadão, claro.

— Vamos ver – a mulher entortou a boca no que parecia ser seu modo de sorrir.

O carro parou em frente à cabine automática. Uma voz macia e suave pediu que o cartão fosse inserido. De dentro da manga da blusa, a mulher tirou dois cartões verde-limão. Ao inseri-los na máquina, a voz macia agradeceu e levantou a barreira magnética.

— Boa viagem – acrescentou a voz, quando o carro ultrapassou a barreira.

— Como... Como você fez isso? – perguntou a garota, a boca literalmente aberta.

— Metrópole tem os seus truques, nós também temos os nossos.

— Quem é você?

— Eu sou quem está salvando a sua pele, garota. Então é melhor ficar quieta.

Ao pegar a estrada fora de Metrópole, a mulher acelerou o carro. Andrella observava o ponteiro do velocímetro subir. 160... 180... 200... 220 quilômetros por hora! Do lado de fora da janela, a paisagem corria rápida num borrão de cores. A menina ficou com medo, mas a mulher não parecia se abalar com aquela velocidade toda. Aliás, segurava o volante praticamente apenas com uma mão, pois a outra sempre recorria à arma.

A arma. Andrella teve um calafrio. Aquela coisa mandara dois projéteis em direção a Alfredo e agora ele estava morto. E fora algo tão... repentino. Num instante estava ali, no outro não estava mais. Sabia que se chamava assassinato, os professores da Educação Metropolitana já tinham falado a respeito. Eram bem comuns na época do Grande Caos.

Andrella foi arrancada de seus pensamentos com um solavanco. O carro tinha saído da estrada. A menina já ia gritar, perguntando o que tinha acontecido, quando viu, pelo olhar da mulher, que era uma manobra proposital.

— Temos que sair da estrada – falou ela, rápido. – Aquele cara na garagem vai atrair atenção. Em pouco tempo vão perceber o que aconteceu, vão dar falta do carro. Então começarão a procurar e perceberão que saímos da cidade. Usamos identidades falsas, mas o código do carro está no sistema. Além disso, você já atraiu atenção demais.

Ela atraíra atenção? Oras, mas era o mundo a vir em sua direção, não o contrário! Não tinha feito nada daquilo, nunca desejara coisas tão anti-Metropolitanas. O maior medo que conhecia era o das sombras à noite, como agora correria atrás de armas e fugas? Abriu a boca para falar aquilo tudo, mas não disse nada. Virou-se para o lado e sentiu lágrimas quentes escorrendo pelo rosto.

— Quando chegarmos às montanhas, vamos nos livrar do carro, mas por enquanto temos que acelerar.

E, como que para ilustrar o que disse, fez o ponteiro chegar em 230 km/h.

O carro balançava loucamente, mas a mulher aparentava saber exatamente o caminho, pois dirigia somente em descampados e desviava das pedras e elevações. Andrella olhava para ela como que hipnotizada. Nunca conhecera o mundo fora da cidade, apenas em excursões escolares, e ver aquele amontoado de terra vermelha e dura a perder de vista era assustador. Mas aquela mulher parecia acostumada àquilo tudo. Era como se fizesse parte dela.

Andrella não se atrevia a abrir a boca, pois não sabia bem como se sentir. Nos últimos dias tantas coisas horríveis aconteceram, coisas totalmente contra os ideais de paz e serenidade dos Metropolitanos. E ainda havia aquela garota na maca. Sua irmã. A outra parte do experimento. Sentiu um calafrio e procurou afastar o pensamento. Não suportava o terror daquilo.

— Aonde está me levando?

— Acha mesmo que vou dizer?

— Você disse que veio me salvar. Me salvar das pessoas que fizeram mal a tio Argorio. Quem são essas pessoas? Onde está o meu tio?

A mulher deu-lhe um olhar profundo e Andrella quase entrou em pânico, mas a outra não parecia oscilar na direção.

— Não posso dizer muita coisa – falou ela. – Mas seu tio com certeza não está passando férias por lá.

Andrella perdeu o fôlego.

— Mas por que o Departamento de Forças Especiais não foi até minha casa investigar o que estava acontecendo?

— Até agora você não entendeu, não é mesmo? Foi o Conselho de Metrópole que pegou o seu tio.

Capítulo Seis

A garota parecia exausta. Sua pele estava macilenta, os olhos envolvidos por uma mancha roxa, até as íris estavam vermelhas. Ficava agarrada ao cinto de segurança do banco do carona numa posição quase fetal. Quase patética, na verdade.

Ela provavelmente já estava sem dormir havia dias. Sabia pelo modo como seus olhos piscavam a intervalos regulares. Devia estar com fome e com sede também. Estava começando a sofrer dos efeitos de uma estafa física e mental. A mulher via que ela tentava dormir, mas não conseguia. *Metropolitanos não são capazes de lidar com esse tipo de coisa. É demais para suas vidinhas perfeitas.*

A mulher dirigia tranquilamente, em alta velocidade. Sentia-se quase confortável ao volante daquele carro automático. Preferia veículos à moda antiga, gostava de câmbio, gostava de sentir que era ela quem estava no controle, mas aquele até que não era nada mau. Pelo menos não era um daqueles computadores com quatro rodas.

Tinha dado um tiro no painel de controle, claro, e no navegador também. A garota, como era de se esperar, entrou em pânico quando isso aconteceu, e por um momento a mulher achou que ela fosse começar a chorar. Sua voz, no entanto, saiu do tom habitual quando perguntou por que o carro estava mudando de direção.

— Isso é para despistar os idiotas do Conselho. Vão pensar que estavam nos monitorando o tempo todo num caminho quase certo, agora vamos para outro. Daqui a pouco vou acabar com o rastreador e iremos em outra direção. Eles vão perder a noção. Sempre perdem. Vocês, Metropolitanos, não sabem agir de improviso.

Viu que a garota pareceu assombrada com aquele plano, como se fosse algo incrível. Para a mulher era procedimento padrão. Era assim que as coisas funcionavam. *Seja ilógico*, dizia Morana, *seja imprevisível. Seja sujo. Não seja um Metropolitano*. Ela achava que não era tão difícil, afinal.

Destruiu o rastreador depois de trinta e sete minutos. A reserva de energia do veículo ainda era suficiente para rodar centenas de quilômetros a mais, então tinha tempo para confundi-los. *São tão obcecados com suas vidinhas que até deixaram o tanque cheio pra mim. Ótimo.*

A garota mais uma vez pareceu desabar aos sons dos tiros. Isso porque a mulher tivera que descer o carro e procurar o radar. Estava no banco traseiro, demorou pouco mais de cinco minutos para encontrá-lo. Arrancou-o após desarmá-lo. *Como se um alarme fosse nos impedir*. Atirou-o na terra do deserto e disparou três vezes. Teriam sido necessários apenas dois tiros para estrago total, o terceiro foi só por diversão.

Jogou o dispositivo inútil de volta no carro e acelerou. Atingiu os 230 km/h em pouco tempo. A garota estava além do pânico. Provavelmente o terror, somado à fome, sede e às noites mal dormidas estavam agora tornando-a tão frágil quanto um pedaço de papel. A mulher conhecia aquela sensação... Aos poucos se perde a noção das coisas, as mãos ficam frias, fica difícil perceber se você está acordado ou não. Era uma sensação quase companheira para aqueles como ela. Mas para os Metropolitanos devia ser como estar à beira da morte.

A garota agora mal se mexia. Andrella. *Andrella*. Nome mole. Escorria na boca. Grudava na garganta como uma coisa podre.

Mas ela era resistente, a mulher observou, um tanto surpresa. Metropolitanos mais experientes já teriam surtado em colapso, teriam desmaiado, entrado em estado catatônico, vomitado, morrido até. Mas a garota se limitava a definhar lentamente. Seus olhos estavam cheios de medo, mas havia algo mais neles. Algo de verdadeiro terror. Uma sombra que se movia lentamente.

A mulher conhecia sombras assim. Já as tinha visto nos olhos de muita gente. Via sempre ao encarar o espelho. Eram olhos de quem encara um grande silêncio. O que seria? O que aquela Metropolitana tinha presenciado a ponto de estar ainda acordada?

Vitaminas, tônicos, atividades físicas frequentes. A mulher sabia que eram parte do cotidiano de Metrópole. Mas aquilo raramente preparava seus cidadãos para uma situação de choque. Aquela garota era de uma família importante, fora bem cuidada, tivera acesso ao melhor. Em teoria, sua resistência tinha que ser proporcionalmente menor.

Estranho.

— Você tem um nome?

A mulher foi pega de surpresa pela pergunta da garota.

— O que você acha? – respondeu, sem olhar para a outra.

A garota ficou calada, claro. A mulher não imaginava que aquele súbito arroubo de coragem fosse muito longe. *Mas uma boa tentativa.*

Quando a noite chegou, a garota não dormiu. A mulher a observava pelo canto do olho. Sua cabecinha Metropolitana maquinava como, *oh céus*, como o Conselho de Metrópole pudera fazer aquilo. Devia estar reavaliando os fatos, revivendo as situações dos dias anteriores... Usando todos os neurônios que tinha para entender o que para a mulher era uma verdade simples: o Conselho de Metrópole mentia.

A mulher já vira alguns Metropolitanos reagirem àquela noção. Alguns choravam, outros defendiam seu Conselho com unhas e dentes. Alguns entravam em estado de choque, outros se recusavam a aceitar. No geral era um processo longo e demorado do qual a mulher gostava de se esquivar. Não conseguia suportar todo aquele drama, aquela ladainha sem fim. Evitava a todo custo missões que envolvessem reféns ou resgates, simplesmente para não ter que lidar com todo aquele constrangimento e sofrimento a uma revelação simples. Agradeceu internamente o fato de a garota estar calada.

Calada demais. E isso só corroborava a ideia da mulher de que aquela garota tinha o caos dentro de si.

Pelo menos alguma coisa tinha que ser interessante, pensou, e deu uma guinada para desviar de uma pedra particularmente grande.

A mulher estava acostumada aos efeitos do sono. Respirava fundo para dissipar as ondas de fadiga, estalava o pescoço para se manter ativa.

Beliscou a pele do braço esquerdo. Estava desidratando. Tinha perdido a mochila no ataque, então agora não tinha nada. Se continuasse assim naquele deserto, em poucas horas entraria num estado que não permitiria que dirigisse. Precisva que encontrar uma saída.

Observou a situação. O deserto rochoso tinha alguma vegetação, mas era seca, rasteira. As poucas árvores tinham galhos finos e retorcidos. A água contida nelas seria pouca ou nenhuma.

Estalou a língua no céu da boca, irritada. Odiava ter que fazer aquilo, mas era uma necessidade real.

— Precisamos de água, garota.

Andrella piscou para ela, sem entender. Provavelmente já sentia vertigens pelo jeito como seus olhos demoravam a focar, ou talvez ela fosse simplesmente estúpida.

— Água, garota – repetiu a mulher.

A outra só a encarava, uma interrogação na expressão.

— Você quer morrer? – gritou.

A garota se encolheu no banco e pareceu colar na porta do carro quando a mulher gritou mais uma vez por água.

— Eu... eu não tenho água – murmurou a garota.

O choque fez com que a mulher perdesse momentaneamente o controle do veículo, atropelando uma daquelas frágeis árvores de tronco retorcido. Os galhos finos arranharam o capô. O solavanco quase fez com que a mulher não conseguisse manobrar.

Ela respirou fundo, diminuindo a velocidade. Instintivamente levou a mão à arma. Que raios era aquilo? Era a melhor piloto do grupo, não podia perder o controle assim.

Deu um soco no volante antes de encarar a garota. Verdade seja dita, mantinha o carro em movimento só para apavorá-la.

— Você não tem água nessa sua mochila? É isso que está me dizendo?

— N-não... – balbuciou a outra. *Que idiota!*

— E o que você tem aí? Sua boneca preferida?

Pela primeira vez, a mulher sentiu que a garota a encarou com força. A voz dela transparecia um pouco essa súbita tomada de coragem, mas vacilava de medo:

— Eu trouxe comida.

— É mesmo, é? – a mulher ensaiou seu melhor sorriso de desdém. – Agora estou mais tranquila por saber que teremos um banquete.

Reparou que a garota demorou a processar a ironia.

— Eu trouxe pão e fruta, para o caso de ficar com fome.

— Imagino que não se importou em trazer uma garrafinha de suco de amora para o piquenique, não é mesmo?

Pela mudança na respiração da garota, a mulher pôde perceber que a ideia da água nem tinha passado pela cabeça dela. Observou-a estreitar os olhos e mexer as mãos, inquieta. Ah é, tinha se esquecido de como os Metropolitanos não se davam bem com falhas ou com o simples fato de que alguém seria mais esperto que eles.

Tédio.

Continuou dirigindo e traçando mentalmente um mapa até a próxima estação de emergência, onde acharia alguma provisão de água. E, com sorte, até munição. Abriu o vidro do carro, colocou a cabeça para fora – *garota, vá se ferrar*! – e observou o pôr do sol à sua frente.

A mulher sempre ouvira que o pôr do sol do deserto era uma das coisas mais bonitas de todo o mundo. Mas ela achava que ele se parecia demais com a morte. Era amarelo, laranja e depois vermelho. Somente para depois se apagar num negro infinito. Era como fechar os olhos depois de uma explosão.

Andrella sabia o que era medo. Os Metropolitanos falavam muito sobre ele. Afinal, era ele que andava lado a lado com o instinto de conservação. O medo, e Andrella se lembrava das palavras de Úrsula apud Vladis-Amernica e seu jeito irritante de professora primária, era essencial ao ser humano, uma reação importante. Mas, como Metropolitanos, o medo deveria ser racionalizado, convertido em cautela, vigilância. *Tudo aquilo que é primeiramente material, quando transformado em força mental, torna-se superior e invencível.*

As palavras ecoavam na mente da garota. Precisava racionalizar seu medo, encontrar um modo de converter a sensação física em algo superior. Mas como? Olhava para suas mãos. Era impressão sua ou estavam tremendo? Via seu reflexo no retrovisor do carro. Que era aquilo senão alguém à beira de perder seu controle mental?

Esse é o verdadeiro medo. Aquele a respeito do qual não nos ensinam nada.

Tentou alguns exercícios de concentração. Aqueles que envolviam dominar todos os músculos do corpo, controlar a respiração e alinhar corpo e mente. No entanto, Andrella não conseguia se concentrar. Não com aquele carro em movimento, a língua colando no céu da boca de tanta sede, o barulho infinito das rodas passando sobre as rochas, aquela mulher a encarando... Aquela mulher... Aquele jeito de deserto.

Que tipo de Metropolitana era? Uma que não conseguia sequer realizar exercícios básicos?

Do tipo fracassado.

Era isso que ela era, afinal. Percebeu que até então não assimilara a ideia. O resultado da prova, a conversa com Osmorne... Aquilo sacudira seu mundo, mas agora, no calor do deserto, na companhia de uma estranha, sentira no fundo – *mas que fundo?* – que era um fracasso. Impotente. Que não tinha controle sobre sua vida. Que não era verdadeiramente Metropolitana.

O pensamento não lhe trouxe lágrimas como supôs que traria. A verdade é que achava que jamais choraria de novo.

Andrella estudara a natureza das glândulas envolvidas na produção de lágrimas humanas e entendia que, fosse lá o que as tivesse provocado nos últimos dias, esse algo se encontrava agora inatingível dentro dela. Como uma porta que se fechara.

A garota olhou para a mulher a seu lado. Achou que ela também tinha uma porta dentro de si.

A noite no deserto era fria e seca. Andrella se abraçou à sacola em que trazia seu lanche inútil a fim de sentir-se mais confortável. Mas não adiantava. O vento implacável castigava as rochas do deserto, e o fato de o carro rodar a uma velocidade média de 150 quilômetros por hora também não ajudava muito.

A mulher diminuíra a velocidade ao cair da noite. Mesmo com os poderosos faróis, a trilha – *mas que trilha, não tem trilha alguma!* – era uma escuridão imensa.

A garota olhava para o negro da noite, para as estranhas estrelas do deserto, e sentia que aquilo as engoliria em algum momento. *Ilógico. Fracassado.* Imaginou algumas vezes o carro capotando nas pedras ou indo de encontro a alguma rocha particularmente grande. No fundo sabia que aquilo não aconteceria. Não precisava entender de pilotagem para saber que aquela mulher era fantástica na tarefa.

As probabilidades de um carro em alta velocidade rodar tranquilamente em um deserto rochoso sem sofrer danos eram baixíssimas. O modo como ela desviava dos obstáculos e dirigia por horas a fio sem parar era prova de uma resistência física de fazer inveja a qualquer Metropolitano. Andrella desconfiava de que era resultado de muito treinamento, algo rígido e incrivelmente severo que durara anos até moldar sua mente. Nada muito diferente do que o Centro de Educação Metropolitana fazia. *Mas sem vitaminas, sem suplementos... Anos a mais de prática.*

Desviou os olhos da mulher.

— Vamos parar agora – falou a outra sem tirar os olhos do deserto.

Andrella se encolheu na cadeira sem se dar conta. O mero espectro de uma possibilidade futura esmagava seu peito. *O que vem depois do deserto?*

A mulher diminuiu a velocidade do carro aos poucos, a fim de evitar uma freada brusca. Pararam junto a algumas rochas maiores. Andrella imaginou que durante o dia elas deveriam ser laranja-forte ou amarelo-doentio, mas naquela sombra pareciam gigantes negros. Um pesadelo maior. *Como a sombra das árvores na janela.* E lembrou para depois esquecer.

Quando a mulher abriu a porta do carro e desceu, Andrella pôde pela primeira vez perceber seu grau de exaustão. Ela arqueou as pernas a fim de se alongar, mas ao se levantar seu rosto estava mole, como um pedaço de carne envelhecida. *Desidratação.*

— A pouco mais de duzentos metros daqui tem uma estação de emergência. Encontraremos água lá. Mas teremos que andar.

— Andar? – deixou escapar Andrella.

— Sim. *Andar*, garota – rasgou a mulher. – Vocês em Metrópole não são fãs de uma atividade física? É hora de colocar em prática.

A mulher colocou a arma no cós da calça e começou a caminhar em direção ao nada do deserto, sem esperar que Andrella a acompanhasse. A luz dos faróis iluminava sua silhueta. Atordoada, a garota saiu do carro, pôs a sacola de qualquer jeito nos ombros e saiu atrás da outra. Os pés pareciam pesar uma tonelada e o chão duro do deserto era ingrato. Encostou-se no capô do carro a fim de evitar cair no chão.

— Precisa de ajuda aí, garota? – gritou a mulher, agora praticamente invisível no horizonte escuro.

— Bh-a.

Foi o que Andrella conseguiu emitir. Estava fraca. Seu corpo demorava a responder. Tentou racionalizar as causas de sua condição, mas era óbvio. Respirou fundo e tentou se concentrar em seus músculos. Precisava andar. Precisava.

Cada passo parecia durar uma eternidade.

Mais um, só mais um...

A mulher parou perto de uma das árvores retorcidas do deserto e começou a procurar algo no chão. Andrella observava a cena a alguns passos de distância, enquanto tentava se recuperar da caminhada. Cada molécula de seu corpo dedicava energia para mantê-la de pé.

Alguns minutos depois, a mulher começou a cavar. Tirou a arma do cós da calça e a colocou a seu lado, no chão. Andrella observava, muda.

Estava fraca, talvez tão fraca quanto a própria Andrella, mas se movia com precisão. Tirava a terra com as mãos de modo ordenado. Como se fosse algo banal, quase diário, e não um punhado de terra seca e pedra dura do deserto. E no escuro. O farol do carro lançava uma luz tímida sobre as duas.

Andrella não saberia dizer por quanto tempo a situação se desenrolara. Talvez apenas alguns minutos, talvez muitas horas. As estrelas no céu se moviam? Ou eram fixas? E as sombras?

Foi arrancada de sua linha de pensamento ao sentir um baque a seus pés. Voltar o olhar para a direção certa pareceu demorar toda uma vida. A mulher tinha jogado uma caixa de madeira no chão. Por pouco não tinha acertado seu pé direito. Estranhamente, ela sorria. Andrella achou que era melhor vê-la em sua maneira carrancuda habitual.

Com um pontapé ela abriu a caixa e tirou de dentro todo tipo de objetos estranhos que Andrella não conseguiu identificar. Pequenos objetos de metal, uma bola do tamanho de uma mão, uma lata... Não importava. A verdade era que só um tipo deles importava: garrafas.

Havia uma dúzia de garrafas de plástico azul transparente e, através de sua mente debilitada, a garota só conseguiu sentir alívio. Naquele momento, até mesmo o medo fora para segundo plano.

— Beba devagar – alertou a mulher, entregando uma garrafa a Andrella. – Não vai querer passar mal.

A garota sabia que a outra tinha razão, mas era difícil resistir à tentação de virar o conteúdo da garrafinha azul todo de uma vez. Nunca, em toda sua vida, soubera o que era sede.

Engasgou um pouco, mas conseguiu. Ao se recuperar do choque inicial, observou a mulher. Ela agora exibia um meio sorriso e admirava a garrafa com um olhar todo especial, como se fosse uma velha amiga. A arma no cós da calça, no entanto, lhe conferia um aspecto de escuridão.

— Vamos lá, garota. Me mostre o que tem de comer dentro dessa sacola.

Sem conseguir esconder sua surpresa e, por que não, uma alegria tímida, Andrella andou em direção à mulher e abriu a sacola, e as duas se sentaram juntas para uma primeira refeição.

Interlúdio

Parte 1: Fragmentos do diário pessoal de Morana

15 de janeiro do ano da ~~mudança~~ mentira 23

Acordei com dor de cabeça. Isso tem sido comum. Não consigo mais pensar direito. Tenho medo de envelhecer. A verdade é que não sei o que acontecerá daqui pra frente. Quem poderá me substituir? Olho a meu redor e só vejo um bando de aspirantes. Alguns deles com força e determinação, mas movidos pela violência. Tenho medo de que o treinamento duro tenha tirado o que havia de humano neles. E, se for assim, o que vai acontecer?

Olho para as paredes deste quarto e ele me parece um monte de ruína. O que aconteceu com todos aqueles que já estiveram aqui? Todos aqueles que partilharam meu mundo, meus sonhos, minha vida? Às vezes encaro os olhos destes jovens e não vejo nada. Nem idealismo, tampouco vontade. Apenas uma coisa racional, calculada. Fria. Pior. Uma coisa cruel.

Será que erramos, meus amigos, meus mortos amigos, será que erramos ao combater Metrópole? O que fizemos de nós mesmos? O que fizemos da nossa causa?

17 de fevereiro do ano da ~~mudança~~ perfídia 23

Um grupo de Metropolitanos chegou à nossa base hoje. Imediatamente me lembrei da época em que costumávamos de chamá-los de "Escuros" e a nós mesmos de "Chamas". Hoje, utilizar esse vocabulário é imediatamente associado aos Argorianos. Causaria um furor na nossa estrutura. Romperia nossas artérias de convicção.

Consegui permanecer forte, no entanto. Dei o habitual sermão neles, expliquei as regras da base. Eles estavam ali não porque procuraram por nós, isso é ilusão, mas porque procuramos por eles. Estivemos olhando esse tempo todo e agora ofereceremos a eles a oportunidade de olhar também. Mas é necessário antes aprender a olhar, a sentir o olhar, e só assim alcançar o lapso da verdade que chamamos de liberdade.

O discurso sempre arranca aplausos dos novos do grupo. Os mais sensíveis choram até. O pessoal da base normalmente mantém uma posição de superioridade, como que sinalizando aos Metropolitanos que eles estão um degrau acima deles, já de cara. Eu lembro que costumava me sentir queimar, como se algo se desprendesse de dentro quando fazia aquele discurso.

Agora sinto que apenas repito palavras há muito escritas.

Quando foi que escrevi essas palavras, meus amigos, meus mortos amigos? Nem lembro mais. Mas acho que não era bem isso que eu queria dizer.

29 de abril do ano da ~~mudança~~ tristeza 23

Gerba veio conversar comigo essa manhã. Ele não disse com todas as letras, mas questionou meu estado de saúde. E por estado de saúde ele quer dizer minha condição mental, minha velhice. Ah, esta, minha última companheira. A mais certeira e fiel de todas. Tira meu sono, mas devolve meus pesadelos.

Olhei para Gerba no fundo dos olhos e gritei, usei aquela voz de autoridade que ainda me cabe. Reprimi, obviamente, acusei-o de desafiar a ordem. Usei frases de efeito e ele pareceu se dar por convencido. Pareceu.

Mas não posso negar que essas dores de cabeça têm me deixado desconfortável. Estarei ficando senil? Quem você é você, minha nova e fiel amiga? É mesmo a inexorável velhice? Ou não seria a sádica loucura? Por quanto tempo serei capaz de resistir sem saber seu nome?

E, se eu cair, quem ficará em meu lugar?

07 de agosto do ano da ~~mudança~~ sombras 23

Midra voltou de uma missão com boas notícias. Nosso próximo plano poderá ser executado com facilidade, pois agora temos um Metropolitano influente junto a nós. E ele nos deu muita informação.

Encontrei uma nova motivação neste trabalho e me sinto quase jovem novamente. Minhas mãos parecem mais firmes, minha mente está alegre. Hoje pela manhã consegui me olhar no espelho e acho que encontrei minha velha energia: finalmente, depois de tantos anos, as cartas serão postas na mesa.

Minha disposição para o treinamento se mostrou genuína. Corri os quatro quilômetros diários no pátio, à vista de todos, e me juntei aos recrutas para os exercícios de combate por uma motivação verdadeira, não por obrigação. Dei o melhor de mim e mostrei a eles, sem sombra de dúvida, por que ainda sou eu a estar na liderança.

Escalei os melhores, sem favoritismos, sem melindres. Usei minha melhor voz firme, minha melhor couraça de líder impenetrável. Para aquela missão, deixei claro, somente os mais capacitados, os que abandonam a mediocridade, seriam escolhidos. Pelo pensamento estratégico, Marcela. Pela força física e técnica de combate, Muriel. Controle de elementos, Gerba. Rede de influências, Lux e Sarsael. Plano de fuga, Júpiter. E finalmente, para o auge do plano, para sua execução, Midra.

Porque tem que ser Midra. A recruta que melhor preparei. Ah, Midra... Por que tinha que ser justo você a fazer aqueles votos?

Parte 2: 16 de julho do ano da mudança 3

— Está vendo isso aqui, Mid? É uma das poucas coisas que sobraram... de antes.

— De antes do quê, Groco?

— De antes de tudo.

Mid aquiesceu com um sinal de cabeça. Era apenas uma criança, mas compreendia bem o que era o antes. Lembrava-se do cheiro de pólvora, das cinzas, de gente gritando na rua.

— E pra que serve isso? – perguntou ela. Seus olhos eram pequenos, mas inquisidores. Davam a impressão de mais velhos que seu corpo. Todas as crianças que sobreviveram pareciam ter olhos assim.

Groco deu uma risada. Mid olhou para ele com cara feia. Afinal, não tinha feito nada engraçado.

— Calma, calma – continuou Groco, ainda rindo. – É só que isso me fez pensar em algumas coisas. Algumas coisas engraçadas – acrescentou ele, fazendo com que a menina instantaneamente voltasse a sorrir.

— Aquilo é um piano, Mid – falou ele, com profunda reverência na voz. – E sua serventia é a mais primorosa de todas. – Ele observou a inquietação e solenidade nos olhos da menina. – Um piano nos traz o que há de mais importante dentro de nós.

Groco dirigiu o olhar à relíquia semidestruída. Seus dedos formigaram levemente. E foi só então que ele se lembrou de que não tinha mais dedos.

— E o que é? – perguntou Mid numa voz esganiçada.

— O que é o quê?

— O que é que tem de mais importante dentro de nós?

Groco começou a rir mais uma vez, mas a garotinha não disse nada.

— Escute, Mid – ele começou a falar devagar, olhando fundo nos olhos dela. – O que há de mais poderoso é aquilo que está no fundo de nossos corações. Mas isso não é algo fácil de encontrar. É preciso que algo nos desperte. E aí você sente aqui e aqui – ele encostou a mão deformada levemente no peito e na testa da garota –, como se algo estivesse queimando.

— Como uma fogueira de festival?

— É, mais ou menos como isso.

— Mas é quando a madeira queima que sentimos isso? – perguntou a menina, ainda embaralhada.

Confuso, Groco ameaçou fazer uma pergunta, mas a garota o interrompeu.

— Você disse que esse *pisano* nos faz sentir isso. Precisamos tocar fogo nele?

— Ah, não, não é isso – fez Groco, rindo. – Não é com fogo de verdade que se faz isso. É com outra coisa. Venha ver.

Mid seguiu Groco através do salão empoeirado. Estavam ali buscando móveis que pudessem ser reaproveitados no pavilhão da base, mas havia pouca coisa. Algumas mesas mancas, cadeiras sem encosto. Se tivessem sorte, claro, pois quase tudo estava destruído muito além de qualquer reparação.

Era triste visitar aqueles lugares, principalmente quando se lembravam de que pessoas moraram ali, mas Mid gostava de viagens. Gostava de ficar longe do cinza da base, gostava de estar no mundo como ele era antes. Mesmo que significasse encontrar só pedaços de coisas.

A garotinha observou Groco se aproximar daquele objeto de madeira, mas ficou distante. Não sabia o que era aquilo.

— Um *piano*, Mid – começou ele, devagar –, não queima por fora. Ele queima por dentro porque faz música.

Mid tinha uma expressão confusa no rosto quando perguntou:

— Como a mamãe?

— De um jeito diferente – falou Groco, ainda rindo.

Como que para ilustrar o que dizia, utilizou o anular e o mindinho da mão esquerda, os únicos que ainda possuía, para afundar a superfície branca da coisa.

Uma série de sons encheu o lugar. E Mid finalmente entendeu, com sua mente de criança, que se alguém soubesse como tocar aquelas placas brancas na ordem certa, elas poderiam realmente compor uma música, como as de sua mãe, talvez.

— Podemos levá-lo? – perguntou a garota, esperançosa.

— Está muito danificado – disse Groco, afastando os dedos pesarosamente do piano. – E, mesmo se não estivesse, não seria bem aceito pelos transportadores. Eles querem espaço para cadeiras e mesas.

— Mas como vamos fazer o fogo queimar?

Groco observou que a preocupação de Mid era legítima. Seus olhinhos brilhantes ansiavam por alguma coisa. Por aquela coisa que ninguém sabia o que era, mas pela qual todos ansiavam em certos momentos na vida.

— Há outras coisas que fazem o fogo queimar. Coisas menores, mas igualmente poderosas – acrescentou ele, rápido. – Em nossas buscas, poderemos procurá-las. E eu lhe ensinarei como acender a chama.

— A "Chama" que ilumina "Os Escuros"?

— Não, não – rebateu Groco com veemência. – Um outro tipo de chama.

Os dois vasculharam os escombros à procura de algo utilizável. Encontraram alguns vasilhames lascados, pedaços de madeira em boas condições e preciosas folhas de papel. Mid ajudou Groco a levar tudo para o transporte, uma vez que ele tinha dificuldade de carregar coisas.

— Obrigada, pequena – dizia ele sempre –, você é um pequeno tesouro.

Mid ria quando ele dizia aquilo, mas no fundo sentia que era verdade. Groco era maldosamente excluído das atividades da base por conta de seus dedos a menos. Não era uma exclusão aberta, ninguém dizia nada, mas Mid percebia que ele era sempre deixado de lado nas tarefas e que os outros não gostavam de tê-lo por perto. E era isso que tornava sua exclusão ainda mais cruel. Aquele silêncio, aquelas coisas que ninguém dizia... Mas Mid gostava dele. Porque ele lhe contava histórias bonitas e a tratava como uma igual, não como uma criança ingênua.

Os dois sabiam o que era dor e o quanto era difícil permanecer inerte após a sua chegada.

— Essa não, Mid – falou Groco, quando a garota fez a menção de carregar um pedaço de madeira que parecia ter sido a porta de algum pequeno armário. – Está corroída, está vendo?

A garota deixou cair o pedaço de madeira na desolação do que antes fora uma cozinha. O olhar dos dois se tornou desconfortável.

Mais tarde, já nos transportes, Mid se encostou nas paredes do caminhão e admirou as paisagens do deserto.

— Eu queria aprender a dirigir um transporte – disse ela após um longo tempo.

— Queria, é? – fez Groco, que se sentava no lado oposto da carroceria.

— Queria. Pois assim eu poderia decidir o que levar pra base e poderia levar o pisano... Piano – corrigiu ela rápido.

— Vamos encontrar outros, como eu disse. E você aprenderá a tocar. E tocará para mim. Então vamos descobrir o que há dentro de você – falou ele, apontando para o lado esquerdo do peito dela.

Era uma promessa que jamais se cumpriria.

Capítulo Sete

Andrella só conseguiu acreditar que tinha dormido quando acordou.

Ao se acomodar dentro do carro para passar a noite, achou que jamais conseguiria cair para o mundo do sono. Não depois de tudo que tinha lhe acontecido.

Mas é humanamente impossível ficar sem dormir. É algo orgânico. Que tipo de aluna da Educação Metropolitana você é pra não saber uma coisa tão básica?

Andrella afastou aquilo da cabeça. Pensar em Metrópole a deixava confusa. E não queria se sentir mais confusa do que já estava.

Prendeu o cabelo sem se dar ao trabalho de olhar em um espelho e desceu do carro devagar. Encontrou a mulher colocando alguns objetos da caixa de madeira dentro de sua bolsa.

— Preciso da bolsa, se não se importa – falou a mulher, com o tom de quem não tinha intenção alguma de pedir permissão.

— Não seria melhor nos livrarmos do carro? – começou Andrella, devagar. – Quer dizer, é mais fácil seguir o carro se eles vierem atrás de nós.

Eles.

Uma faísca quase elétrica passou por entre as duas à simples menção daquela ideia, e Andrella demorou a entender o que realmente tinha dito. *Quer dizer que não vou voltar para Metrópole. Quer dizer que estou com ela. Que eles são* eles.

O pensamento tinha um sabor amargo na boca.

Pensamentos não têm sabor, Andrella.

A situação tornou-se subitamente desconfortável. A mulher também pareceu ter sido pega de surpresa. E sua reação era a do exato tipo de pessoa que não costumava ser surpreendida.

Andrella encarou os próprios pés, seus tênis imundos logo abaixo da calça jeans completamente empoeirada. Sentia o coração batendo com força dentro do peito e não conseguia encontrar uma razão lógica para o porquê daquilo. Fechou os olhos com força, mas algo a impedia de realizar um exercício de respiração.

Tio Argorio. Metrópole. Aquele porão...

Evitou que as imagens do pesadelo vivido nos últimos dois dias lhe voltassem à mente mordendo a parte interna do lábio inferior com força.

— Vamos nos livrar do carro ainda nesta manhã – falou a mulher. Devagar, pelo que deveria ser a primeira vez.

Vamos.

Andrella engoliu seco. Os ideais de Metrópole firmemente plantados em seu cérebro pareciam estar gritando em protesto.

Mordeu o lábio inferior com mais força que da primeira vez e entrou no carro.

A mulher voltou a dirigir e alguns minutos depois já estavam bem longe do pequeno acampamento.

— Se o Conselho de Metrópole está com meu tio, então por que viriam atrás de mim?

Andrella andava às voltas com aquela pergunta. Precisava saber. Talvez o Conselho de Metrópole tivesse pegado seu tio por conta do que tinha naquele porão. Talvez o tivessem levado por causa do que ele fizera a ela... *Respire, não pense nisso.* O Conselho podia estar tentando protegê-la!

Tentou usar toda a sua mente racional para analisar a situação por esse novo prisma. Talvez aquela mulher fosse o inimigo, querendo levá-la para longe da segurança da cidade.

Mas como explicar então a reação do diretor Strauss e de Osmorne? Por que eles teriam mentido para ela? E o homem de terno riscado da Agência de Segurança Privada? E a casa imaculadamente limpa depois do ataque? Se o Conselho de Metrópole estivesse com tio Argorio, e se aquele sangue nas paredes era mesmo dele, o que fariam com ela?

Andrella não conseguia levar aquele pensamento adiante. Não havia antecedentes criminais em Metrópole. Não havia crimes em Metrópole. Pelo menos não até três dias atrás. A garota sentiu que não podia processar as novas informações. Não tinha parâmetros.

Mas aquela mulher tinha.

E tinha também olhos grandes, observou Andrella. E ela mais uma vez não pareceu se distrair da direção ao desviar o olhar.

— Eu recebi uma missão, garota. Levar você embora daquele lugar. Eles parecem seguros, mas mentem. E mentem num piscar de olhos. Eles parecem cuidar de você, mas fazem coisas horríveis. Eu te disse pra vir comigo pra viver, e você está viva.

Era verdade. Estava viva... *Vida. Viva. Volta.*

— Eles não se importam com você. Se tivessem se importado, você não estaria aqui. Estaria em algum lugar seguro com eles. Mas eles te largaram pra trás, não foi?

Andrella tremeu ao se lembrar dos momentos de terror que vivera dentro do armário. Tio Argorio. Osmorne. Diretor Strauss. Desejou com força que tivesse conseguido conversar com Cornelia. Ao que parecia, ela fora a única a se importar. Porque aquela mulher a seu lado estava numa missão. E só isso.

A mulher se surpreendeu quando a garota ficou calada e não prosseguiu com perguntas. Pensou que se estivesse no lugar da menina teria metralhado uma série de questionamentos, e o mais forte deles seria "Para onde estamos indo?". No entanto, conhecia o suficiente de Metrópole para entender que seus cidadãos tinham dificuldades com aquele tipo de coisa. Aquela garota carregava definitivamente um peso no olhar que Metropolitanos comuns não tinham, mas aquilo não fazia com que ela deixasse de ser um deles.

Continuou com o foco na direção, sabia para onde estava indo. A paisagem do deserto podia parecer imutável a olhos destreinados, mas não para ela. Dirigir em alta velocidade, fugir, encobrir trilhas, resgatar pessoas, participar de missões complicadas com informações difusas. Aquilo era sua vida.

Era uma pena ter que dispensar um veículo, ainda mais um com bastante combustível, mas sabia que aquilo era inevitável. Tinha seguido trilhas obscuras, gastado horas dando voltas sem sentido, mas eles eram espertos. Era hora de confundi-los para valer ou de, pelo menos, atrasá-los.

Agora era possível executar seu plano. Tinham água, um pouco de ração que duraria uns três dias, mais o pão que a garota trouxera. E tinham mais balas agora. Isso a confortava.

— Vamos nos livrar do carro jogando-o de um desfiladeiro. Jogada clássica – falou a mulher, calmamente.

A garota assentiu com a cabeça e a mulher quase pôde ouvir as maquinarias de sua mente Metropolitana tentarem encontrar uma lógica ou algo igualmente matemático para a execução daquele plano. Agradeceu internamente quando a garota permaneceu calada.

O carro derrapou no chão rachado quando freou. A garota bateu a cabeça com força no vidro da frente, mas não mostrou sinais de perturbação. Outro agradecimento mental.

— Escute – falou a mulher olhando fundo nos olhos da menina. Era algo que sempre ajudava com Metropolitanos. A falta de contato social verdadeiro deles era sempre um ponto a favor. – Isso vai ficar perigoso. Se acha que andar no deserto em alta velocidade é algo pra dar medo, então você não viu nada. Pode parecer que não, mas eles estão atrás de nós. E você, mais do que ninguém, sabe disso.

Analisou o efeito daquelas palavras na garota e sentiu que estava indo pelo caminho certo. Prosseguiu no mesmo tom firme. *Seja direto, use palavras de efeito, frases curtas. Dê a eles um tempo para sentir medo. Porque eles não sabem sentir medo*, dizia Morana.

— Você fará o que eu mandar. Não vai questionar. Não vai fazer perguntas. Porque você quer viver, não morrer. Porque você sabe tão bem quanto eu o que eles podem fazer. O que eles escondem. O que eles têm de mais podre em seus segredos.

Aquela última parte fora algo fora do *script* e a mulher não soube explicar o porquê. *Porque eu sei que ela viu alguma coisa. Porque ela não mostra sinais de pânico fortes. Ela já experimentou pânico antes. Isso a afeta. Ela acredita em mim com uma facilidade fora do comum. E não é porque sou boa com palavras.*

— Então estamos acertadas. Desça do carro e pegue a bolsa. Quero que ande até aquela vegetação rasteira ali da frente e volte pra cá. Faça isso rápido.

Andrella não achou que fosse tão alto. Quando o carro parou bruscamente, a garota imaginou que estivessem perto de um barranco. A vista se perdia para a via interrompida do outro lado. Quando seus pés roçaram a vegetação rasteira da beirada, sentiu um leve torpor. *Vertigem. É algo natural. Mas a mente deve sempre dominar o corpo. Não se deve deixar abater pela fraqueza.*

Quando fez o caminho de volta, tentou de tudo para parecer estável. Até se atreveu a encarar os olhos daquela mulher por alguns segundos. Sabia, de alguma forma, que aquilo era uma espécie de teste e que aquela mulher estudava suas reações. *Como um cientista estuda o comportamento de um rato de laboratório.*

— Imagino que conseguiu calcular o tamanho do estrago – a fala da mulher saiu mais esganiçada que o habitual. – Vantagens da matemática avançada.

Ela deu um sorriso e Andrella se sentiu mais uma vez desconfortável. *Na verdade é física e não matemática, e aquilo é só um sorriso.*

A mulher prosseguiu com seus preparativos, parecendo estar quase se divertindo. Quase.

— Você fica longe. Eu me viro com o carro.

Andrella fez que sim com a cabeça, jogou a bolsa nas costas e começou a se afastar do desfiladeiro. Observou a mulher colocar a arma no cós da calça e entrar no carro.

O modelo do carro da família de Elis era silencioso e, mesmo às voltas em alta velocidade pelo deserto, o motor não fazia muito barulho. E foi exatamente por isso que Andrella levou um susto quando a mulher forçou a aceleração ao máximo e dirigiu como um projétil em direção ao barranco.

Ela não pode ter a mente no lugar. Foi tudo que Andrella conseguiu pensar enquanto o mundo inteiro entrava num borrão de desordem e loucura.

A mulher estava indo a toda velocidade em direção ao barranco! Ela estava indo em direção ao barranco *dirigindo*! De repente, Andrella achou que não conseguiria mais respirar. O carro pareceu demorar horas e horas para chegar à beira da encosta, numa explosão de som, imagem e sensação que fazia com que sentisse cada segundo nos poros da pele.

Os pensamentos voaram estranhos na mente de Andrella, enquanto um carro de passeio Metropolitano cruzava a última faixa de deserto num ato de pura falta de lógica. Sua mente estava fora de controle também: a árvore contra a janela, as falsas lembranças de sua mãe, o primeiro beijo com Derek, a oscilação do monitor no fim daquele túnel...

E tudo acabou tão rápido como começara, quando a mulher abriu a porta do carro em movimento – *força da gravidade, aceleração e inércia* – e saltou, quase tão graciosamente quanto... *quanto o quê?* – aterrissando no chão duro do deserto de rochas alaranjadas.

O Centro de Educação Metropolitana alertava seus alunos anualmente sobre os riscos da perda do controle da mente e um efeito colateral terrível: a alucinação. Andrella começou a respirar cada vez mais rápido, com medo de que estivesse finalmente tendo uma.

O impacto fizera estalar todos os ossos do seu braço direito e provavelmente as costelas também. Mas fora treinada para aguentar a dor de pancadas como aquela. Na verdade, sentia que haviam se passado anos, décadas, levando surras parecidas. Aprendendo a ignorar a dor. A continuar.

Surpreendeu-se ao perceber que a garota ainda se encontrava petrificada no mesmo lugar. A reação mais comum das pessoas a manobras como aquela era um estado entre o pânico e o altruísmo que se manifestava com gritos, correria, tentativas de auxílio e checagem de feridas, muitas mãos para ajudar a se levantar.

Mas na garota não havia nada. *Nada.*

Ela deu uma risada. Fazia tempo que não ria daquele jeito. Poxa, não conseguia sequer se lembrar da última vez que tivera aquela sensação de dor na boca do estômago por conta de umas boas gargalhadas. Daquelas de verdade, das que não rangiam os dentes.

Aquilo só piorou a dor nas costelas e também a fez engolir poeira. Começou a tossir, mas era difícil com todo aquele riso dirigindo seu corpo. Deitou-se de costas no chão, aquelas pedrinhas alaranjadas arranhando-lhe as costas, e continuou a rir. Aquilo era hilário. *Surreal.*

Quando algo começou a incomodá-la na região do cóccix, mordeu, sem querer, a parte interna da bochecha. Tirou a arma do cós da calça e continuou rindo tresloucadamente enquanto encarava o revólver brilhante contra o sol do deserto.

— Estourar a porra do traseiro. Mas que possibilidade de merda!

Com dificuldade, sentou-se, agora tentando se controlar. Tinha que se lembrar das coisas. Tinha se livrado do carro e agora vinha a parte mais difícil da jornada. Mas que droga, aquilo fora hilário. E aquela Metropolitana era mais hilária ainda. Levantou-se devagar, mas como? Era tão difícil se controlar com todo aquele riso...

Quando chegou perto da garota, não estranhou seu silêncio. Na verdade, até agradecia a ausência de comentários, de elogios pedantes, de preocupações irritantes. Achava que tinha deslocado o ombro, mas e daí? Já tinha prosseguido com coisas muito piores.

— Nós vamos caminhar agora. Vamos tentar chegar a outro

posto de emergência antes do cair da noite, que é quando esse lugar fica frio. – E secou as lágrimas dos olhos com um gesto brusco.

Em Metrópole, a atividade física integrava a lista de prioridades do dia, ao lado de necessidades essenciais como comer, dormir e estudar. Isso porque exercitar o corpo era exercitar a mente, e não havia nada que a cultura Metropolitana prezasse acima do intelecto.

Desde crianças os Metropolitanos investiam no preparo físico, que começava desde exercícios constantes de relaxamento mental e muscular até técnicas de respiração, passando pelas clássicas flexões e polichinelos. Preparação física era uma disciplina extremamente valorizada no Centro de Educação Metropolitana, e garantir boas notas em Cardiovascular possibilitava uma entrada convidativa nas carreiras da cidade-estado.

Andrella era uma ótima aluna de Preparação Física e sempre atingira mais de noventa e sete por cento em Cardiovascular. Correr, aliás, era sua atividade-foco. Metropolitanos eram versados em várias atividades, mas não oficialmente cada cidadão escolhia uma para se tornar uma prática constante.

A garota corria dez quilômetros diários. Já correra o Circuito de Metrópole três vezes. Tinha excelente condicionamento físico. Mas a verdade é que nada daquilo importava quando se andava no deserto.

O sol queimava além do que devia ser humanamente possível suportar. *O que é uma impossibilidade de constatação, obviamente, uma vez que estou viva.* Mas não era o tipo de queimação que ardia a pele, não. Era uma intensidade constante, uma energia direta que incidia do couro cabeludo aos membros. O peso do corpo parecia dobrar, triplicar, e Andrella tinha a impressão de que agora tinha no mínimo cinco vezes sua dimensão real. Como se fosse um maldito elefante se arrastando pela areia quente. Tentou encontrar um raciocínio lógico para explicar aquela sensação, mas desistiu quando sua língua literalmente colou no céu da boca.

A mulher tirara a blusa e a amarrara na cabeça, o que para Andrella soou como loucura, uma vez que aquilo só facilitaria o processo de desidratação. Mas depois observou que a mulher tirava um pedaço de pano da bota, um tecido incrivelmente fino e leve com um buraco no meio pelo qual ela passou a cabeça. Rapidamente, Andrella entendeu o processo de ventilação daquela roupa.

— Nós vamos revezar – anunciou, ainda dura. – Quem estiver com o traje bebe menos água.

A garota fez que sim com a cabeça e as duas prosseguiram a caminhada, que parecia durar já vários dias. Ao vestir o traje, Andrella se sentia quase bem, quase leve, mas era só seu corpo se ajustar à nova temperatura que a hora de seu turno vencia e tinha que entregar a túnica à mulher.

Falaram pouco ou quase nada. E dessa vez Andrella suspeitou que não era porque a mulher não quisesse, como de costume, mas porque falar era algo além da imaginação naquele momento. Gastar energia com algo tão inútil quanto palavras parecia um imenso desperdício.

A noite caiu no deserto com um pôr do sol sombrio e melancólico. E junto com ele veio a queda de temperatura.

Não parecia ser possível que um terreno enorme como aquele pudesse se resfriar tão rapidamente. Mas era física.

Andrella perdeu a respiração ao observar os últimos raios de sol lutando com a escuridão e sentiu-se imediatamente tola por não ter percebido algo tão simples.

Não tinham mais o farol do carro.

Capítulo Oito

Quando a noite caiu, Andrella sentiu como se toda a racionalidade do mundo tivesse ido embora. Caminhar apenas à luz das estrelas naquele deserto rochoso cruzava o limiar entre o que era claro e óbvio e o que pertencia à irracionalidade da sombra.

Claro que sabia sobre o deserto. Metrópole era uma cidade-estado autossuficiente circundada por um deserto de rocha alaranjada. Sabia até mesmo a composição da rocha, suas características físicas e químicas. Sabia calcular a quantidade de sal que provavelmente havia naquela planície em particular. Sabia que era um lugar inabitado também. Não havia animais ou seres humanos, tudo ficara para trás com o Grande Caos.

Mas aquele conhecimento não fazia o menor sentido naquele lugar. O barulho de seus passos somados ao da mulher era tudo que preenchia a noite, mas às vezes Andrella tinha a impressão, naquele breve intervalo entre uma passada e outra, que alguma outra coisa se movia além delas. Milhares de olhos pareciam encará-la de dentro da escuridão e a garota se sentia imensamente frágil. *O carro...*

— Vamos parar agora – anunciou a mulher, no que pareceu ser um século depois. – Precisamos descansar. Não chegaremos ao posto de emergência a tempo. Vamos parar para comer um pouco – ela repetiu, agora procurando alguma coisa na sacola. – Vamos ficar por aqui e acender uma fogueira.

A garota engoliu seco:

— Mas isso não chamará a atenção? Não podemos ser pegas?

Andrella não conseguia divisar o rosto da mulher, mas achava que podia imaginar a reação que ela teria naquele momento. Era aquele sorriso horrível de novo.

— Estamos na vantagem. Eles devem estar perdidos tentando investigar se morremos ou não naquele acidente do barranco.

— Acha que eles vão realmente acreditar nessa possibilidade? – indagou a garota, sem perceber o que estava realmente dizendo.

— Acha que eles *não* vão realmente acreditar nessa possibilidade?

A pergunta trouxe de volta o silêncio.

Andrella se sentou num pedaço de rocha maior e pôs-se a

observar a mulher esfregar uma pedra na outra. A fricção produziria energia que poderia se manifestar numa faísca e produzir fogo. Por alguns minutos observou o experimento de perto, fascinada, mas logo foi dominada pelo tédio. *Que coisa mais rudimentar...* E se afastou, dando costas à mulher, que, compenetrada, continuava sua tarefa, uma expressão nublada no rosto.

Quando o fogo acendeu, Andrella já estava no limiar do sono. A única coisa que a impedia de dormir eram os estranhos olhos das sombras.

O problema é que não bastava simplesmente acender o fogo. Era necessário alimentá-lo com combustível. Os galhos secos e retorcidos das árvores em volta inicialmente pareceram ótimos, mas queimavam rápido e exigiam manutenção constante.

— Só vamos deixar essa fogueira aqui para dormir perto e não congelar no frio. Amanhã de manhã sairemos para o posto de emergência.

— Isso não vai nos proteger do frio – rebateu a garota.

— Eu disse que ajudaria a não nos deixar congelar. – A mulher jogou o tecido que usaram de manhã para Andrella. Era estranhamente morno. – É um tecido especial térmico. Coisa antiga. Não acho que tenham muito dele lá na sua cidade.

Claro que não tinham. Que utilidade teria?

Andrella se enrolou no manto e se aproximou do fogo. Sentiu que o tecido respondia, produzindo mais calor. Tentou imaginar que tipo de reação fazia com ele fosse fresco durante o sol escaldante do deserto e quente durante a noite fria, mas desistiu. Uma questão emocional a interrompera. Mas decidira falar, contrariando qualquer racionalidade:

— Não é mais minha cidade. Eu fui embora.

A mulher, que vinha se aproximando para junto do fogo também, estacou de repente.

— Imagino que terei que fazer alguma coisa diferente agora. – E só então lhe ocorreu uma pergunta que soou cruelmente óbvia assim que se deu conta dela. – Para onde estamos indo, afinal?

— Para uma base. É aonde tenho que te levar.

— E onde fica?

— Aqui neste deserto.

Andrella sentiu as pontas dos dedos formigarem. Quando a mulher se sentou a seu lado, foi tomada por um leve desconforto. Era uma presença estranha. Fria e áspera, *mas também enérgica, como o fogo.*

— E o que vai acontecer quando chegarmos lá? – outro pensamento óbvio que não lhe ocorrera antes. *Por quê?*

— Veremos a chefia – falou a mulher, devagar. – E nos prepararemos para o que for necessário.

— Quem são vocês dessa base?

Algumas faíscas saltavam da pequena fogueira apenas para serem engolidas pelas sombras e pelos olhos da escuridão em volta.

— Gostamos de nos chamar de rebeldes, porque é duplamente significativo para nós. – Entretanto, ao contrário do que Andrella pensara, a mulher não estava sorrindo. – Mas somos apenas pessoas morando em bases no deserto.

Andrella fechou os olhos com força antes de perguntar:

— Vocês são os Argorianos?

Essa pergunta tinha lhe ocorrido durante a fuga com o carro e definitivamente voltara a povoar seus pensamentos durante a caminhada no deserto.

— O quê? – bradou a mulher. – De onde você tirou isso?

— Sabemos tudo sobre os Argorianos em Metrópole – falou Andrella, tentando parecer segura do que dizia. – De suas ideias perigosas e suas tentativas de destruição.

— Não somos Argorianos – retorquiu a mulher. – Aliás, imagino que você deva realmente saber tudo sobre eles, já que seu tio tem esse nome.

Aquilo foi como beber água rápido demais. Andrella piscou várias vezes e começou a fazer um exercício de respiração Metropolitano sem perceber.

— Imaginei. – A voz da mulher saiu debochada.

— Meu tio – começou a garota. *Concentre-se no ambiente. Expire o ambiente. Inspire o ambiente. Expire. Inspire.* – Ele não é um Argoriano. É só uma coincidência no nome.

— Mas é claro que é.

— Os Argorianos tentaram nos destruir! – Andrella não percebeu que estava gritando. – Meu tio Argorio nunca faria uma coisa dessas!

— Óbvio que não faria – disse a mulher sem encarar Andrella. – Vai ver é por isso que ele foi capturado pelo Conselho, não é mesmo? Por ser um cidadão exemplar...

— Você... – começou Andrella. – Você não sabe nada sobre o Conselho ou sobre o meu tio!

— Não, eu não sei – falou a mulher, encarando-a pela primeira vez com o que parecia ser alguma sinceridade. – Eu sei sobre o deserto. Imagino que você seja a pessoa aqui que sabe sobre o Conselho e seu tio, claro.

Aquilo a pegou de surpresa. Andrella começou a respirar depressa de novo. Nunca em toda sua vida se sentira daquela forma. Nem com todas as coisas que ouvira do tio, dos professores, dos colegas, de Derek ou Elis. Aquilo doía.

Não sabia que nome dar àquele tipo de reação, mas era a pior que já sentira na vida. Fazia com que se lembrasse das mentiras de Osmorne e do diretor Strauss. Da frieza de Elis e do desespero dentro da casa semidestruída. Mas, principalmente, fazia com que se lembrasse do laboratório. Do que tio Argorio realmente era.

Alguma coisa começou a esquentar dentro de seu peito e não era efeito do tecido térmico ou do fogo. Era perigoso, era forte e era inteiramente dirigido a tio Argorio.

Suas mãos tremiam levemente e teve dificuldade para respirar. *Não pense naquilo. Não pense naquilo. Não pense naquilo.* Tarde demais, já estava pensando. A garota deitada na máquina, o monitor que mostrava as linhas de seus batimentos cardíacos, o soro que entrava em suas veias, as memórias inseridas em seu cérebro todas as noites. *Andrella.* Com todos os trejeitos, lembranças, marcas nos pés e pensamentos pessoais.

Num espasmo, seu corpo se projetou para a frente, e ela sentiu um líquido viscoso e ardente escorrer pela garganta. Em pânico, percebeu que seu estômago estava colocando tudo pra fora.

— Ah, que porcaria é essa? Você está vomitando!

Pela primeira vez achou que aquela mulher perdera a pose.

Vômito. E havia a expressão ânsia de vômito também. Acontecia, segundo a mulher, quando se comia algo estragado, quando se pegava alguma doença ou se tinha uma reação emocional muito forte.

Andrella nunca tinha vomitado, claro. E nunca ouvira falar em vômito. Afinal, essas coisas não aconteciam em Metrópole. Doenças eram sinais de gente com a mente fraca. E mentes fracas não existiam em Metrópole.

Não sou Metropolitana.

Desistiu de tentar fazer qualquer exercício. De que adiantaria?

Andrella se embrulhou na capa e deitou-se no chão. Encostou a cabeça num pedaço de rocha, fechando os olhos devagar. O que sentia agora não era mais o medo que ameaça a vida, aquele medo que anda ao lado da sobrevivência. Era um medo de outra espécie. Um medo que escorria lentamente dentro do corpo e trazia uma sensação alheia a cada respiração. Era o não-pertencimento. O velho medo de não se sentir parte de lugar nenhum.

Observou a mulher colocar pequenos objetos de metal em cima de uma pedra, limpá-los e guardá-los. Eram tão brilhantes e pequenos. Refletiam a luz do fogo...

A mulher observava o fogo se apagar. Sabia que era hora de buscar mais combustível, mas deixou-se ficar quieta por alguns instantes. Estava frio e seu ombro doía consideravelmente. Sentiu a arma no cós da calça e respirou mais levemente.

A garota parecia ter adormecido. A noite seria longa.

Olhou para o céu estrelado e tentou recapitular o trajeto até o posto de emergência. Estava na direção certa, mas a garota tinha atrasado seu progresso. Ela andava devagar. Numa viagem solitária já teria chegado.

Comeu um pedaço da ração borrachuda. Não gostava de perder, de não cumprir tarefas. Sabia que aquela possivelmente seria a maior e mais perigosa missão de sua vida, mas imaginara outros tipos de perigo. Imaginara tiros, esconderijos improvisados, perseguições, pedidos de socorro, talvez até alguns ferimentos sérios. Mas aquilo? Aquilo não. Meninas Metropolitanas confusas não estavam em sua lista.

Sabia pouco de Argorio, claro. Afinal, quem sabia dele? Mas, ao que parecia, a sobrinha tinha herdado algo de sua excentricidade. Ela tinha um olhar diferente e não recitava o manual de cor como os outros que conhecera. O porquê daquilo lhe enchia a mente.

Fez um alongamento simples. Precisava ficar acordada, teriam uma longa caminhada até o próximo posto de emergência. Sem perceber, tirou as balas do cartucho e as colocou em ordem. Checou as estrelas de novo. Sim, estava mesmo no rumo certo.

Ajustou as botas, bateu a poeira da roupa. Procedimento padrão da vigília para não cair no sono. A mulher era boa naquilo, talvez fosse a melhor, mas tudo era sempre diferente no deserto e não demorou para seus olhos começarem a pesar.

Decidiu correr. Deu algumas dezenas de voltas ao redor do

acampamento, mas parou ao receber uma faísca da fogueira diretamente no rosto.

Estava levando ao rosto um pedaço da camisa para aliviar a dor quando percebeu. Não tinha renovado a fogueira.

Andrella foi acordada a socos e pontapés. A mulher gritava, agitada, enquanto colocava a bolsa no ombro. A arma estava em suas mãos, apontada para o vazio do deserto.

— Mas o que...?

Antes que pudesse terminar a pergunta, ouviu um forte zunido a seu lado e logo depois uma forte luz amarelada irradiou, seguida de um barulho ensurdecedor.

— Estão explodindo tudo! – berrou a mulher, enquanto atirava.

Andrella se lembrou das aulas de química. *Combustão. Explosão.* Nada bom.

— Anda logo, garota!

Andrella se colocou de pé apenas para ver três – *o que era aquilo*? – globos de luz? O que quer que fossem, se moviam rápido na escuridão do deserto e desviavam dos projéteis da arma da mulher com facilidade.

— Corre!

E a garota obedeceu. Era boa em corrida e percebeu que a mulher também não era nada má.

O problema era que as bolas de luz também eram muito boas.

As explosões aconteciam à sua volta, e uma delas, que caíra à sua direita, atingiu-a de leve no rosto. Sentiu a pele queimar.

Ao vê-las mais de perto, Andrella percebeu que não eram bolas de luz e sim insetos absurdamente grandes. O que não era possível, claro. Como insetos poderiam explodir?

— O que é isso? – berrou para a mulher, que corria logo atrás dela, a arma apontada na direção dos insetos.

— Eu não sei. Mas são perigosos. O seu pessoal é mestre em criar essas coisas bizarras.

Após levar um tiro -- *porque se chama tiro*, pensou Andrella, lembrando-se da explicação da mulher --, um dos insetos caiu no chão e foi consumido por sua própria energia explosiva.

Correr no deserto era difícil, e não só porque estavam sendo perseguidas por criaturas inexplicáveis. O aspecto rochoso fazia seus tênis derraparem com facilidade. Não era nada parecido com correr o Circuito de Metrópole, com sua superfície lisa e perfeitamente projetada para potencializar o melhor de cada atleta.

— Ali na frente tem algumas rochas! – gritou a mulher. – Não são grandes, mas podemos nos esconder. De trás delas consigo atirar nessas coisas.

Andrella não via rocha alguma, só a escuridão do deserto interrompida por flashes de luz amarelada. Quando sentiu um cheiro estranho e ácido no ar, percebeu que seu cabelo tinha sido carbonizado em algumas partes.

Entrou em pânico e desacelerou. Por causa disso, os insetos ganharam vantagem. Mais uma explosão e sua roupa agora tinha marcas de fogo. Sentiu lágrimas quentes subindo aos olhos.

— Não é hora pra isso! – gritou a mulher, puxando-a pela camisa e lançando-a para a frente sem qualquer cerimônia.

Andrella tropeçou, mas conseguiu se equilibrar e continuar correndo. Agora não podia mais discernir se o barulho pertencia aos tiros ou às explosões.

A mulher não parecia precisar de olhos. Atirava naqueles insetos estranhamente grandes e continuava correndo, sem olhar para a frente, simplesmente seguindo alguma espécie de trilha invisível que a desviava dos pedregulhos e pedras soltas.

Quando avistou as rochas mais à frente, Andrella quase achou que fosse desabar no chão.

— Fique atrás de alguma rocha!

Mas aquele plano tinha uma falha: os insetos estavam perto demais. Entrariam pelas rochas junto com elas.

— Não vai dar! – falou Andrella, tentando exprimir seu pensamento, mas era estranho como as palavras demoravam para sair. – Eles estão muito perto.

A mulher sorriu, um daqueles sorrisos horríveis que lhe arrepiavam a espinha.

— Proteja os olhos, garota!

Andrella a observou tirar algo do bolso. Era a bola do tamanho de uma mão que a mulher retirara da caixa no deserto.

Ela colocou uma delas na boca e arrancou um pedaço. O restante atirou nos insetos.

Andrella achou aquilo realmente estúpido. A arma podia abater insetos! Por que ela estava desperdiçando tempo atirando uma coisa redonda neles?

Antes que tivesse resposta, o clarão a cegou. Não conseguiu mais correr e se estatelou no chão. Sentiu o gosto de algo ruim na boca.

— Eu avisei pra você fechar os olhos!

A mulher a segurou pelo braço e Andrella gritou, tentando se desvencilhar, enquanto seu corpo era arrastado pelo solo de rocha dura. Somente quando conseguiu se pôr de pé e reiniciar a corrida, a mulher a soltou.

As rochas eram um punhado de pedras pouco mais altas que um ser humano e se organizavam em algumas dezenas. Tinham a cor diferente do solo do deserto. Andrella teve a impressão de que não eram naturalmente dali. *Quimicamente improvável.*

Quando parou de correr para se esconder atrás de uma delas, sentiu as pernas queimarem por conta do esforço prolongado. Atrás da pedra à sua frente, viu a mulher se colocar em posição e atirar nos insetos remanescentes que vinham em direção a elas. As explosões agora arrancavam lascas de pedra e as lançavam para todos os lados.

Andrella se encolheu no canto e enterrou a cabeça entre os joelhos, protegendo-a com as mãos. O barulho dos tiros parecia ínfimo se comparado ao das explosões. Iriam morrer.

Morrer. O que era morte, afinal?

Outra explosão. Olhou para frente e percebeu que a mulher utilizara mais daquela munição redonda. Havia alguns insetos ainda, talvez três. Andrella observou a mulher abater dois deles com a arma de projéteis.

A roupa dela estava queimada, assim como seu cabelo e algumas partes de seus braços. Mas ela continuava. E agora só faltava um.

Andrella previu o tiro. A parábola perfeita que explodiria aquele inseto anormal. Contudo, por algum motivo, a mulher errou o alvo. Não fazia sentido. O cérebro de Andrella berrava por lógica: aquela mulher era uma atiradora exímia, como erraria o último alvo? O mais fácil de todos?

Mas ela errara, e mais uma explosão aconteceu. Algumas pedras caíram. Andrella ouviu a mulher gritar e também ouviu o último tiro.

A mulher sentiu a dor na perna antes que ela acontecesse. A pedra esmagou seu tornozelo. Respirou fundo, mas não aguentou, gritou de novo. Pegar a arma e atirar foi apenas um reflexo. Pronto. A coisa estava morta agora. Se é que aquilo tinha alguma vida.

O deserto voltou ao silêncio e a mulher rangeu os dentes para não gritar de novo. *Merda, a perna!*

— Anda aqui, garota! – gritou.

A garota veio devagar. A reação que a mulher apreciara durante a manhã, aquele silêncio e aquela inatividade perante algo fora do normal, lhe parecia agora ridícula e patética ao invés de digna.

— Me ajude a levantar!

Ao menos a pedra não era absurdamente grande para deixá-la presa. Mas fora uma pancada, e uma das fortes. Osso fraturado, possivelmente.

— Me ajude a ficar sentada – instruiu, impaciente. – Mas apoie minhas costas, isso.

A garota fez o que ela pediu de modo desajeitado. Ajudou-a a ficar de pé e depois arrastou-a com dificuldade até uma rocha próxima, onde apoiou suas costas na pedra.

— Ótimo – falou a mulher, mesmo achando aquilo uma porcaria sem tamanho. – Agora me dê água.

Quando a garota lhe entregou a água, bebeu avidamente e jogou um pouco no rosto. Precisava de lucidez.

Com dificuldade, rasgou o pedaço da calça na altura do ferimento. Como suspeitava, uma fratura exposta. *Mas que merda!*

— Me ajuda a fazer um torniquete. – E, ao observar a imobilidade da garota, emendou, impaciente: – Uma tira de pano. Amarrada com força acima do ferimento. – O rosto dela ainda parecia confuso. – Para que eu não sangre até a morte!

A garota pareceu apavorada com aquelas palavras, mas ficou quieta e fez o que lhe foi dito. A mulher tentou não gritar, mas rangeu os dentes com tanta força que o som pareceu ecoar por todo o deserto. *Mais merda.*

— Escute – falou ela, fraca por conta da dor. – Você precisa ir até o posto de emergência. Não, cala a boca, faça o que eu mandar. Você precisa ir até lá, buscar suprimentos. Tem água, comida e o mapa com a rota da base mais próxima daqui. Temos que ir pra lá. Precisamos disso. Aqueles insetos não foram as únicas coisas mandadas atrás de nós pelo Conselho.

— Aquelas armas vieram de Metrópole? – perguntou a garota, apavorada.

— Sim. Estão atrás de nós. A diversão com o carro no despenhadeiro não foi tão grande, afinal...

As duas ficaram em silêncio. A garota porque parecia processar a informação recebida e a mulher, bem, ela já tivera dias melhores.

— Não é difícil chegar ao posto de emergência. Na verdade, estamos bem perto. Siga as rochas, as grandes, como essa aqui. Vai encontrar um lugar onde a terra tem cor diferente. Deve haver alguma sinalização, alguma coisa diferente no terreno. É lá que você vai desenterrar a caixa.

— Eu não posso ir sozinha! – berrou a garota, em pânico. – Vou me perder no deserto!

— Por favor! – gritou ela. – Vocês Metropolitanos não se gabam de sua racionalidade? De sua capacidade de dedução? Pois então utilize isso agora. Eu não consigo me levantar daqui, estaremos mortas em três dias, isso se não mandarem outra coisa atrás de nós. Nossa única chance é encontrar a base mais próxima e pedir abrigo lá. Você quer morrer ou viver?

Uma oscilação de luz perpassou os olhos da garota. A mulher percebeu que ela não queria ir, que tinha medo. Merda, ela estava apavorada.

— Viva, garota. E vá.

— Mas e você? – perguntou, e a mulher quase achou que fosse uma preocupação genuína.

— Não estarei sozinha – disse, exibindo a arma. – Agora vá, não temos tempo. Estarei aqui esperando, claro.

Não acrescentou que o torniquete poderia provocar a morte de sua perna caso ela demorasse. Achou que não ia ajudar em nada.

Capítulo Nove

Andrella pegou a bolsa e ficou com dois terços da ração e da água. A mulher disse que tinha que ser assim, pois ela faria numa caminhada no sol. Não discutiu. Na verdade, ficou aliviada.

No entanto, sentiu-se mal por ter que ficar sem a manta térmica. A mulher disse que sem aquilo morreria de insolação, ou, pior, de hipotermia durante a noite. Não se atreveria a fazer fogo. Andrella quase protestou: e ela também não morreria no sol sem a manta? Mas a expressão de dor da mulher e a visão aterradora do tornozelo esmagado fizeram com que se calasse.

Despedir-se foi estranho. Foi como dar adeus a alguém da escola ou abandonar um bichinho de estimação. Não havia bichos de estimação em Metrópole, obviamente; para que serviam, afinal? Era outra coisa inútil da época do Caos. Mas, no terceiro ano do ciclo da Educação Metropolitana, toda a turma cuidava de um animalzinho peludo. O objetivo era aprender sobre comportamento. Entender como funcionava o cérebro e como ele podia ser melhorado se bem instruído através de alguns padrões.

O animalzinho da classe de Andrella era cinza e tinha uma pelagem espessa. Os professores sempre instruíam seus alunos a não apelidar os animais, era algo irrelevante e não Metropolitano, mas Andrella o chamava de Chao. Tio Argorio rira de sua iniciativa e a garota tentou explicar que esse era o barulho que o animal fazia. No fim do ano, a classe abandonara Chao. Andrella não sabia o que o Centro de Educação Metropolitana fazia com os animais quando as aulas acabavam – e adiantaria perguntar? Quais seriam os ganhos efetivos de saber? – mas se lembrava de ter tido uma sensação estranha ao sair da sala e lançar um último olhar a Chao. Ao olhar a mulher escorada naquelas rochas de pedra, sentiu a mesma coisa.

Era uma questão lógica. Se não fosse, as duas morreriam. Se não de inanição, de desidratação. Ou mesmo por conta de algum ataque. Mas Andrella não queria pensar em ataques.

Ir sozinha em busca da única ajuda possível parecia ser mesmo a escolha mais racional. Mas se era mesmo, por que se sentia tão... O que era aquilo? Era mais que medo.

Não beber a água toda era um suplício. Não estava exatamente com sede ainda, mas seu corpo parecia ter uma necessidade absurda de beber água. Colocou as garrafas no fundo da bolsa e a ração por cima, a fim de não ter que encará-las. Mas elas estavam lá. Podia senti-las.

O que não fazia sentido e não era nem um pouco Metropolitano.

Talvez o que fosse Metropolitano ou não já não era importante. Dane-se. Ela deixara a cidade. Ela era um fracasso.

O que não a impediu de fazer alguns exercícios de respiração.

Estava expirando profundamente quando viu o sol se posicionar firme no horizonte. Tinha se acostumado com a noite. Pensando agora, as coisas não pareciam tão escuras. As estrelas davam conta do recado.

O que a fez pensar em sua rota.

Tinha que seguir as rochas até onde o terreno ficasse de uma cor diferente.

Seguir as rochas parecia fácil. Elas estavam arranjadas ali, seguindo pela encosta de um morro, contrastando com a tonalidade alaranjada do solo e das pedras soltas do deserto.

E elas geravam sombra. Ah, a sombra. Andrella se encostava nas pedras e sentia o calor queimar suas costas, mas não se importava. Nessas horas se atrevia a beber um pouquinho mais de água.

Água. Aguado. Aquático.

Pensou em tio Argorio e em seus jogos de palavras. O que é o que é e palavras complementares, jogos de sua infância. Lembrou-se do tio e seus trejeitos estranhos, suas falas confusas. Tão pouco Metropolitano, agora que ela parava para pensar. No entanto, na mente de Andrella, ele ainda aparecia como o maior Metropolitano de todos. Com seus livros e pesquisas. *E experimentos,* acrescentou, melancólica.

O que é Metrópole?

Era também um jogo. E se era um jogo, quais as regras? Quem eram os jogadores? E os mestres do jogo? Como se ganhava?

Levou a mão aos lábios logo após beber água e usou a umidade para aliviar a dor no rosto. Era uma queimadura. Não entendia como sabia o nome, achava que podia ter aparecido em alguma aula de prevenção de acidentes no Centro de Educação Metropolitana.

Odiava não se lembrar.

A queimadura no rosto ardia com a exposição ao sol, assim como seu couro cabeludo, que agora não contava com os fios de cabelo logo atrás da nuca. Mas seu saldo tinha sido positivo, não tinha? Quer dizer, a mulher era quem tinha se ferido de verdade. E ela era experiente. *Sorte*.

O que fazia a mente de Andrella divagar até àquele último tiro. O que a mulher errara. Não fazia sentido. A mulher tinha corrido e atirado ao mesmo tempo e não tinha errado. Como teria errado um único alvo remanescente, de uma posição matematicamente privilegiada?

Errara, entretanto. E Andrella agora tinha que andar. E andar...

A paisagem do deserto não mudava nunca. A encosta do morro parecia seguir por vários quilômetros, assim como as rochas. Ao menos era dia e a sensação de que estava sendo observada não estava lá. Ou era tão pequena que ela se convencia disso.

Começou a pensar em Derek. Seu cérebro procurou uma associação para esse pensamento súbito e encontrou o fato de que Derek gostava de geologia. Era seu *hobby*, o que gostava de estudar. Provavelmente ele saberia mais sobre o deserto do que ela.

Derek era um garoto muito Metropolitano. Tinha boa aparência, bons argumentos lógicos e era um excelente atleta. Tinham-se conhecido por causa de Elis, num dia de apresentação de música no Centro de Educação Metropolitana. Derek era um ano mais velho que ela e por isso não frequentavam as mesmas aulas. Elis tinha tocado clarineta naquele dia e ganhara um prêmio por sua performance impecável. O prêmio fora entregue por Xander, o irmão de Derek.

Andrella lembrava-se de ter reconhecido os traços do garoto no palco no garoto sentado a seu lado. Os cabelos desciam pelo pescoço, bem ordenados, e o nariz tinha o mesmo formato do de seu irmão, assim como a boca. Ficou observando-o por um tempo, até que se surpreendeu ao ouvi-lo dizer:

— Xander é um excelente trompetista.

— Me desculpe – disse Andrella, nervosa. – Eu não queria parecer inconveniente. Mas é que...

— Irmãos não gêmeos com grande semelhança física são um caso considerado escasso na biologia, mas não chega a um nível de raridade.

— Obviamente – concordou Andrella. – Combinação genética aleatória.

Ela observou que ele não estava realmente zangado e que na verdade sorria.

Lembrava-se de ter sentido algum tipo de excitação e voltou a senti-la algumas vezes depois, quando se encontravam depois da escola ou saíam para se exercitar juntos. Mas seus sentimentos nunca foram constantes. Nunca sabia muito bem o que sentir perto de Derek.

E aquilo não fazia sentido nenhum na época. Deveria se considerar uma garota de extrema sorte por se sentir atraída física e intelectualmente por um garoto de sua idade com tanta competência. Aquilo era definitivamente algo a ser valorizado.

A maioria dos Metropolitanos se casava por acordos mútuos baseado em benefícios e vantagens racionais da união. Atração era visto como um bônus, ou no mínimo algo a ser trabalhado e discutido por cada casal. Metropolitanos namoravam quando jovens, claro, mas, logo que as diferenças de temperamento e/ou de interesse se mostravam muito dissonantes, um ponto final era dado na relação. Afinal, qual era o sentido de se investir em algo que só se apresenta como uma dificuldade devido a uma descarga anormal de hormônios?

Mas Derek tinha algo mais. Eles eram compatíveis. Tinham os mesmos interesses, compartilhavam a mesma área de conhecimento científico: a biologia e a matemática. Não tinham nenhum tipo de arroubo emocional ou comportamento inadequado quando ficavam juntos. Pelo contrário, eram um par harmonioso. Nada de fugas para encontros noturnos, nada de discussões em público. Eram uma probabilidade estatística ínfima. E sabiam disso.

Mas o fato é que Andrella não conseguia se definir em relação a ele. Sua opinião oscilava sempre. Quando começava a ter certeza de que se sentia realmente atraída por Derek, algo ocorria e a fazia mudar de percepção.

Os mesmos fatores que pareciam a ela um ponto positivo, como por exemplo o fato de Derek apreciar caminhadas longas e lentas depois do anoitecer, mais tarde pareciam hábitos ridículos e de pouco interesse. Os próprios beijos eram estranhos. Às vezes se perdia neles, em outras, evitava-os a qualquer custo.

Mas agora, olhando para a imensidão alaranjada do deserto, Andrella conseguia entender o que se passara. Havia Andrella e Derek e havia a *outra* Andrella e Derek.

Outro jogo.

E de que lado ela estava?

Quem era ela?

Não sabia que horas eram. Não sabia se orientar pelo sol. Quer dizer, logicamente quando o sol estivesse a pino era meio dia, mas como é que se sabe se o sol está a pino num deserto?

Odiava aquele lugar. Odiava o modo como se sentia burra e pequena nele.

Sentiu vontade de parar um pouco, mas sabia que, caso parasse, seria mais difícil prosseguir. Continuou andando, consciente das garrafas de água guardadas na bolsa.

Até a terra mudar de cor, até a terra mudar de cor...

O problema era que a terra não mudava de cor. As pedras eram acinzentadas, mas o solo do deserto era alaranjado. Sempre. Não vira nenhuma mudança de tonalidade que pudesse indicar qualquer coisa. E estava acompanhando as rochas, como a mulher lhe ensinara, mas não via nada de diferente.

Fez outra série de exercícios de respiração. Estava na direção correta, seguindo as instruções corretas. Em algum momento chegaria inevitavelmente a seu destino.

Mas e se estivesse na direção errada? Ou simplesmente caminhando em círculos?

Caminhe, caminhe...

Caminhar e correr eram suas atividades favoritas. Lembrava-se de passar as tardes caminhando quando criança. Quando chegava em casa, suada e suja, tio Argorio lhe pedia para contar tudo o que vira. Ela achava aquilo tão engraçado. Por que ele lhe perguntava coisas tão insignificantes? Coisas que não eram aproveitáveis? Mas ela sempre respondia. Três carros na cor azul, árvores, pessoas andando na rua... Quantas pessoas? Não sabia responder, da próxima vez iria prestar mais atenção e contar. Mas nunca contava.

Nas festas Metropolitanas, as pessoas chamavam tio Argorio de excêntrico, mas era sempre com aquele tom de admiração. Ele era excêntrico. *Excêntrico*. Andrella gostava daquela palavra. Até descobrir que era usada para definir alguém que cruzava um pouco a linha do normal. Mas ele fazia aquelas batatas assadas...

De que adiantava se lembrar disso tudo? Ela e tio Argorio nunca tinham sido próximos. E algumas lembranças não mudariam isso. Era uma questão de treino mental.

Além disso, ele a enganara. Havia aquele segredo escondido, *a outra*, e ela não queria pensar nisso.

Não resistiu e bebeu a metade da água da última garrafa. As rochas continuavam rumo ao sol do deserto e nem sinal de uma mudança de cor na faixa de terra. Andrella começou a achar que talvez a mulher tivesse deixado de lhe dar alguma informação crucial. Não podia ter se perdido. Seguira todas as instruções.

Quando finalmente as rochas que acompanhavam o declive terminaram, Andrella se jogou contra a mais próxima. Estava desgastada pela erosão e tinha uma forma estranha. A parte de cima parecia uma ave torta e decrépita. Virou as costas para não encará-la e logo se repreendeu. Ver formas nas coisas era algo ridículo e inútil. Era fruto de uma necessidade cerebral de fazer associações. Só isso. Fechou os olhos e sentiu o sol escaldante queimar a pele, que estava ardida e sensível.

Não chorou. Apenas encarou a bola de fogo no horizonte que parecia ser o sol. Voltar agora seria impossível. Não tinha mais água. Estava contando que encontraria o posto de emergência e reabasteceria seus suprimentos.

Quais eram mesmo os sintomas da desidratação?

Comeu um pouco da ração borrachuda. Não tinha gosto de nada. Na verdade, estava com gosto de sacola, por ter ficado tanto tempo ao sol dentro dela.

Andrella respirou longa e profundamente. Organizou os suprimentos. Tinha que traçar um plano, se concentrar. Precisava de toda sua capacidade intelectual naquele momento.

Foi quando viu a água escorrendo.

A princípio, não acreditou. Quer dizer, estava no meio do deserto! Mas depois teve que admitir que era realmente água. Água escorrendo da pedra!

A garota se pôs de pé e analisou melhor a pedra ao lado. Como todas as outras que acompanhavam a encosta, aquela era acinzentada e grande. Aquela, em especial, tinha pouco mais que a altura de Andrella.

Ao tocar sua superfície áspera, Andrella sentiu que estava úmida. O que era um absurdo! Como a pedra podia estar vertendo água se estava no meio do deserto?

Não sabia muito de geologia, mas sabia o suficiente para entender que aquela pedra precisava de uma fonte de água e umidade para estar transpirando daquele jeito. Analisou a base da rocha e não encontrou nada. Olhou para cima, o sol cegando seus olhos. Se houvesse alguma coisa, alguma fonte, tinha que estar na encosta. Ou atrás dela.

Não poderia escalá-la, óbvio, e seria estúpido tentar. Além disso, não sabia o que tinha do outro lado. Mas, pensando bem, também não sabia nada do caminho até ali.

Fechou os olhos com força.

Encostou o corpo na pedra a fim de tentar se refrescar. Não conseguiu muito efeito, a água estava quente, mas a mera sensação de alguma espécie de umidade já a deixava mais confortável. *Se a mente está confortável, o corpo também está.*

A pedra ficava úmida e na base a água escorria um pouquinho, formando um montinho de terra escura, somente para depois secar no calor do deserto.

Montinho de terra escura.

Não é possível que seja isso. Não é possível que seja uma coisa dessas. Quer dizer, por que não dar uma instrução do tipo "quando a fileira de pedras acabar"? Que coisa mais absurda!, pensou olhando em volta.

Onde estava o sinal do local onde estavam enterrados os suprimentos? O que poderia ser? Tudo o que via eram pedras, árvores retorcidas e a imensidão do solo rachado.

Deu uma risada sem graça quando finalmente percebeu o que estava procurando. Olhou para a pedra *excêntrica* com raiva. Abaixou-se no chão e sentiu que a estranha ave torta de pedra a observava enquanto cavava.

Voltar com a caixa de madeira foi uma tarefa impossível. Andrella teve que abandoná-la no meio do caminho, tomando o devido cuidado para escondê-la entre as pedras. As garrafas de água e os novos suprimentos de ração estavam dentro da sacola; os pequenos objetos de metal foram parar nos bolsos da calça, assim como três minúsculos frascos de vidro.

Havia outras coisas na caixa também, como um binóculo, que Andrella pendurou no pescoço, e uma faca, que ela estranhamente levou na mão durante uma parte do caminho, até se dar conta do que fazia e enterrá-la no fundo da bolsa.

A volta foi mais tranquila e acabou bebendo menos água. Talvez porque simplesmente soubesse que havia água suficiente. O problema, no entanto, era o mapa. Não havia nenhum. Esperava que a mulher soubesse para onde estavam indo.

A mulher. Andrella imaginou que ela talvez estivesse mal, tendo ficado horas no deserto, mas certamente não estava preparada para a visão que teve quando se aproximou do início das pedras.

Ela estava encolhida entre as pedras, em busca de uma sombra ínfima, com a manta térmica até o pescoço. Sua cabeça pendia de lado, seus lábios estavam rachados e seu olhar, vazio. Poderia ser qualquer pessoa, qualquer uma, não fosse pela arma, apertada na mão direita.

Quando Andrella se aproximou, ela fez um esforço para se sentar, mas não disse nada. Foi a garota quem teve que quebrar o silêncio:

— Só não encontrei o mapa.

E pegou uma garrafa de água, que ofereceu para a mulher.

Sua mente estava confusa, sufocada pela dor. Aquilo não era parte do plano. Claro que não. Quando esmagar o tornozelo fora parte de algum plano?

Estava pior do que pensara e a dor evoluía para níveis absurdos, tanto que às vezes desaparecia. Era quase como se não existisse. Mas a mulher sabia que estava lá e voltaria mais tarde, com força total.

A garota lhe deu água e ração. Inclusive dissolveu um pouco de ração na água, o que era um raciocínio incrível para um Metropolitano. A mulher sabia que eles nunca ficavam doentes, normalmente entravam em choque ao menor sinal de ferimento alheio, e não sabiam o que fazer em situações que envolviam qualquer tipo de trabalho médico.

Obviamente a garota ainda não tinha visto a ferida, mas tinha paciência, e principalmente, tinha silêncio. Não fizera perguntas, não questionara a jornada.

Isso é bom, pensou, antes de cair num sono sem sonhos.

A noite veio e Andrella deixou a mulher dormir. Achou que ela deveria estar exausta, talvez tivesse lutado contra o sono o dia inteiro com medo de algum ataque.

Não sabia nada sobre feridas, mas a lógica lhe dizia que ela precisava de água e alimento, e era isso que Andrella fazia. Dava-lhe os dois alternadamente. A mulher comia, bebia e caía no sono de novo imediatamente.

A noite já ia alta quando ela acordou.

— Me dê as balas – pediu com esforço.

Andrella lhe lançou um olhar demorado e confuso.

— São os pequenos objetos de metal. Munição.

Devagar, esvaziou os bolsos e estendeu as balas para a mulher. Dessa vez, eram apenas pequenos pedacinhos de metal brilhante, nada de grandes bolas explosivas.

— São balas – falou a mulher, e Andrella levou um susto. A mulher nunca explicava as coisas a ela deliberadamente. – Você as coloca na arma, são os projéteis – explicou, apontando a arma com a cabeça.

Andrella observou a mulher analisar cada uma das balas e iniciar um longo trabalho de colocá-las em ordem.

— Cada bala tem um número – prosseguiu, sem interromper a tarefa. – E cada número corresponde a um código. Quebrar o código significa encontrar as coordenadas da base mais próxima.

Era um exercício bem Metropolitano, pensou Andrella. Decifrar um código, colocá-lo em ordem, fazer uma associação. Pensou em se oferecer para ajudar, mas decidiu ficar quieta. A mulher realizava o trabalho com agilidade e precisão, apesar de sua condição. E, além do mais, demoraria para quebrar um código que a mulher provavelmente já sabia de cor.

— A próxima base não está longe daqui – falou ela, olhando para as estrelas. – Umas duas horas de caminhada – e fechou os olhos devagar. – Mas vamos fazer isso amanhã. Quando o sol nascer.

A mulher se deixou cair contra a pedra e Andrella percebeu que ela estava suando. Hesitante, aproximou-se, dizendo sem encará-la:

— Tinha alguns frascos dentro da caixa de madeira. Três. Dentro deles tem uma coisa branca. Isso pode te ajudar?

A mulher fez que sim com cabeça e disse:

— São analgésicos. – E ao ver a ausência de reação de Andrella, emendou: – São pra dor.

Andrella fez um sinal com a cabeça.

— Quantos você precisa?

— Provavelmente todos. – A mulher deu um sorriso que

estranhamente não pareceu tão horrível quanto de costume, apesar de sua aparência devastada. – Mas uns três devem dar por ora.

Andrella pegou três bolinhas brancas dentro do frasco e jogou-as dentro do final de uma das garrafas de água. Não sabia se era o certo a fazer, mas fez assim mesmo. A mulher deu outro sorriso.

Molhou as mãos em um pouco de água e passou na testa da mulher para limpar a poeira e o suor. Lembrou-se de seus anseios de medicina lá em Metrópole. Era aquilo? Aquilo era uma pessoa doente? Aquilo era cuidar de alguém?

Não importava. Apenas se sentou ao lado dela e pôs-se a limpar seu rosto.

— Meu nome é Midra – falou a mulher, devagar, para depois virar a cabeça e cair no sono mais uma vez.

Interlúdio

Parte 1: Script da transmissão dos Argorianos do dia 20 de abril do ano da mudança 10

Vocês sabem quem são? Para onde estão indo? Vocês sabem o que seu governo tem feito? Vocês sabem o que tem do lado de fora de Metrópole?

(pausa)

Nós somos Argorianos, filhos da sua ciência maldita. Por muito tempo calados em laboratórios escuros, mas não mais. Ah, não mais. Somos a resistência, aquela que abraça seus proscritos. Vocês já se esqueceram deles? Aqueles nomes banidos, que não mais aparecem nas suas listas e organogramas. Ah sim, os que fracassam, que estão fora do sistema. Não muito tempo atrás o seu governo costumava apagar essas pessoas em salas bem iluminadas e cheias de tecnologia.

(riso)

Agora nós vamos atrás deles, cuidamos deles. Pensem no seu parente desaparecido, aquele amigo que você não se lembra muito bem. Pergunte onde ele está. Proscrito. Nosso. Os Argorianos os protegem.

(pausa)

O que queremos? O que fazemos? O que somos?

(riso)

Nós somos a verdadeira mente livre.

(Pausa. Sujeito em frente à câmera estende a palma direita e uma chama viva aparece no meio de sua mão)

Esse é o verdadeiro poder da mente. O verdadeiro potencial humano. Temos em nossas fileiras mulheres capazes de atrair metal, homens que manipulam o ar, crianças que manipulam pensamentos. Somos livres.

(com um aceno, a chama da mão do sujeito em frente à câmera se apaga)

E você também pode ser, Metropolitano que nos assiste. Nos próximos dias transmitiremos a verdade. Caso você também deseje lutar e descobrir o que há por trás dessa cidade, ligue para a Agência de Segurança Privada.

(A tela escurece. O número 89765432 ramal 13 aparece na tela em cor verde)

— Eu espero que a essa hora todas as linhas telefônicas da cidade tenham sido interrompidas e que potenciais ligações feitas para esse número tenham sido rastreadas.

O Primeiro Conselheiro acenou com a cabeça. Sim, todos os telefones de Metrópole tinham parado de funcionar havia pelo menos meia hora.

— Quero a lista de quem efetivou as ligações na minha mesa em dez minutos.

— Minha secretária já está trazendo, senhor.

O Sétimo Conselheiro deu as costas e saiu pelo longo corredor. O Primeiro Conselheiro respirou fundo e o seguiu. O Sétimo não era alguém conhecido pela sua gentileza.

— Senhor – começou o Primeiro –, estamos recebendo mensagens de toda Metrópole. As pessoas estão confusas.

— Então trate de desconfundí-las, Martín.

Não era um grito, era apenas uma frase colocada calmamente, mas Martín, o Primeiro Conselheiro, responsável por todos os Assuntos Internos, gelou. *Bobagem*, pensou, é só o *efeito de uma frase enfática, nada mais.* Mas começou um exercício mental de relaxamento mesmo assim.

— Vou convocar Talbot para criar uma resposta à altura para nossa população.

Talbot era o Segundo Conselheiro, de Filosofia. Ele certamente era um homem talentoso. Recentemente sua pesquisa comportamental com cachorros havia rendido excelentes resultados e traria avanços à educação das crianças Metropolitanas. Mas não era esse homem que o Sétimo Conselheiro tinha em mente naquele momento.

— Argorianos... É um nome interessante, não acha?

— Já entramos em contato com o senhor Argorio apud Luna-Stenka. Ele nos deu uma teoria interessante sobre o que pode ter acontecido. Entendo que a situação seja embaraçosa, mas o senhor Argorio tem se mostrado um cidadão Metropolitano exemplar e em muito tem contribuído para nossas pesquisas.

Os dois homens trocaram um olhar significativo.

— Sim, Argorio é um talento como poucos. Já foi Conselheiro, ainda que agora honre a cadeira de Ciência e Tecnologia apenas nos enviando esquemas e teoremas. Ainda assim... – O olhar do Sétimo Conselheiro vagou pela sala por alguns segundos que não escaparam ao Primeiro. – Ainda assim, há algo de estranho naquele homem. Seria um insulto à nossa capacidade dedutiva ignorar o fato que esses *invasores* têm o mesmo nome que ele.

— Certamente seria, senhor.

— E o senhor também deve considerar que Argorio já teve sua cota de pesquisas não tão bem sucedidas. Aquele fogo produzido no vídeo... Aquilo não é coincidência.

O Primeiro Conselheiro trocou o apoio da perna, desconfortável. Ninguém falava daquelas pesquisas. Por que o Sétimo tocara naquele assunto? O fogo era real? Seriam as histórias que corriam sobre Argorio verdadeiras? Não queria se passar por idiota perguntando. Não na frente do Sétimo. Fez força para não morder a língua, ação totalmente ilógica e descabida.

— Quero alguém investigando Argorio.

— Mas, senhor – começou Martín –, Argorio é um membro renomado de Metrópole. Já se mostrou leal a nós em inúmeras ocasiões. Certamente não há nada acontecendo aqui além de ressentimento por parte desse grupo radical. O senhor Argorio já teve que tomar muitas decisões difíceis e tem sua cota de inimigos.

— Não são seus inimigos que me preocupam e sim seus potenciais amigos. Mas agora é hora de lidar com um problema mais urgente que um cientista excêntrico. – O olhar do Sétimo voltou a ser duro. Martín se sentiu relaxar um pouco. – Onde está o Quarto Conselheiro? Quero que ele me explique o porquê de nosso sistema de comunicação ter sido invadido por um bando de proscritos essa tarde.

— Convocamos uma reunião extraordinária para a próxima hora, senhor.

Os dois se encararam mais uma vez e Martín se perguntou por que se sentia tão incomodado na presença do Sétimo. Claro, todos os Metropolitanos eram ensinados a admirar o Sétimo Conselheiro – o líder da cidade-estado –, e ele mesmo tinha escrito vários dos textos-referência sobre o assunto. No entanto, havia algo naquele homem que inspirava medo. *Não seja idiota, Martín. Isso não é nada lógico.*

O Sétimo Conselheiro esboçava um sorriso leve, quase como se soubesse o que se passava na mente do colega, quando a porta se abriu e uma mulher de ombros estreitos entrou.

— Senhores – ela falou numa voz pastosa –, a lista de ligações.

— Obrigado, Osmourne – falou Martín com gentileza. – Pode se retirar.

O Sétimo Conselheiro examinou o papel. Cerca de vinte nomes apareciam ali.

— Devemos mandar buscar todos que fizeram essa ligação. Qualquer um que tenha ligado para esse número demonstra não só um comportamento anti-Metropolitano, mas também uma estupidez que não confere com nosso sistema.

— Certamente, Martín. Todos devem ser apreendidos. Inclusive os mais protegidos...

— Senhor? – perguntou o Primeiro Conselheiro, ligeiramente confuso.

— Veja só o nome que apareceu nessa lista, meu caro Metropolitano, e me diga se é apenas mais uma coincidência...

Martín se inclinou para ler o papel. Não precisou muito tempo para entender a que o Sétimo se referia. Um nome parecia sobressaltar acima de todos os outros.

Gabriela apud Wendy-Gilberti.

Física nuclear brilhante e atual esposa de Argorio apud Luna-Stenka.

Parte 2: 28 de dezembro do ano da mudança 9

Quando Argorio abriu os olhos, desejou imediatamente não tê-lo feito.

Um homem arrastou a cadeira em que estava amarrado em direção à porta e largou-a com violência. O baque fez a cabeça de Argorio latejar e os ferimentos em seu corpo latejarem.

— Vocês são tão patéticos – falou o homem que arrastara a cadeira – *Extremamente* patéticos!

— Por favor – pediu Argorio com dificuldade. – Eu só estava fazendo uma pesquisa, um estudo...

— É sempre essa a desculpa de vocês, não é? – começou o homem, e Argorio sentia-se aflito por não conseguir divisar seu rosto naquele cômodo escuro. – Estão sempre fazendo uma pesquisa, nunca se envolvem. Nunca é culpa de vocês. Nada!

— Eu sou um cientista – disse Argorio, reunindo toda a força que lhe restava para parecer convicto.

— Um cientista, não é mesmo? Que coisa mais estranha, Argorio. – O homem fingiu uma pausa na fala. – Eu não entendo uma coisa. Você diz ser um cientista, um homem da lógica e do intelectual, como os seus amigos lá na cidade, não é mesmo? Mas, pelo que entendi, seu trabalho de campo não era lá muito científico. Pelo que li dos seus relatos, você estava metido com outra coisa... – O homem deu uma risada rouca. – E estava bem longe da ciência.

Argorio apertou os olhos, tentando enxergar seu captor, mas tudo que conseguiu foi divisar sua silhueta. Ele brincava com algo nas mãos, jogando o objeto de um lado para o outro, quase distraído. Argorio sentiu um frio na espinha quando percebeu que era uma arma de fogo.

— Era um experimento científico. – Precisava tentar, precisava explicar. – Aquilo é ciência, é só uma questão de entender seus fundamentos.

— É aí que a gente discorda, Argorio – falou o homem, num tom que pareceria amigável se Argorio não estivesse amarrado a uma cadeira de metal, ferido, e o homem não estivesse com uma arma de fogo na mão. – Aquelas pessoas, o que você fez com elas... Aquilo não é humano, Argorio. Aquilo não é certo. Você as tratou como cobaias, você mutilou e deformou a mente delas para atingir seus próprios objetivos. Achou que ninguém ia descobrir isso? O que havia por trás do seu inocente plano de ampliação da capacidade mental? Você definitivamente se meteu no lugar errado dessa vez. Você é um monstro, não um cientista. E o pessoal não está muito feliz. Nem o meu pessoal, nem o seu, devo dizer.

Foi então que Argorio percebeu o quanto aquele lugar estava frio. Sentia que estava suando; estava ansioso, precisava se controlar. Respirar mais devagar, tentar manter o controle do corpo e da mente...

— Ah, não. Não venha com esses truques de controle mental, não.

A bofetada pareceu chegar de lugar nenhum. Argorio levou um tempo para processar o que tinha acontecido. Só quando cuspiu um dente em meio a uma gosma de sangue e saliva é que entendeu que o homem tinha lhe dado uma pancada com a arma.

— Eu ainda não sei por que faço isso, sabe – disse o homem, numa leve risada zombeteira. – Espancar você quando na verdade deveria te matar. Você quer morrer, Argorio? Não, agora pode ser sincero... Pode falar o que quiser comigo.

Argorio estava com dificuldade de respirar. Tentou encontrar alguma explicação para o fato, talvez um ferimento que não tivesse percebido...

— Eu disse pra você falar comigo!

Não conseguia respirar, estava arfando, o ar lhe escapava dos pulmões, ia sufocar...

— Eu disse pra falar!

Um soco nas costas fez com que voltasse à realidade. O ar penetrou em seus pulmões, e ele sentiu a traqueia queimar enquanto todas as células do seu corpo se enchiam de energia com aquela golfada de ar. A coisa mais maravilhosa que já experimentara em toda a sua vida. A sensação durou uns dez segundos, até que a dor de ter uma costela quebrada dominasse seu corpo.

— Quero falar com Demra – pediu. Tinha que falar, falar era o que lhe sobrara.

— Demra – o homem falou devagar. – Você acha que conhece Demra, Argorio. Mas não conhece. Você sabia que na época do... Como é que vocês chamam mesmo? – Ele deu mais uma risada que pareceu encher o cômodo. – Do *Caos*... Pois é, nessa época ele estava com Morana, sabia? Juntos. Trabalhando juntos.

Argorio estava confuso. Não era possível! Como é que Demra sempre tivera desavenças com Morana? Demra estava do seu lado, eles estavam na mesma empreitada. Como ele poderia ter feito uma coisa daquelas?

— Pode acreditar, Argorio – prosseguiu o homem. Suas passadas largas pareciam soar cinco vezes mais altas no cômodo vazio. – Vocês e esse plano intelectual. Essa cidadezinha de contos de fada. Isso nunca dá certo. Porque nunca vai prever coisas como essa. Coisas como Demra e Morana juntos.

— Eu quero falar com Demra – repetiu Argorio.

Aquilo bastou para o homem, que perdeu a cabeça e arrastou sua cadeira mais uma vez, jogando-a de encontro à parede oposta. A cadeira virou e Argorio bateu a cabeça no chão com força. Sentiu um filete de sangue escorrendo pelo rosto.

— Você é desprezível! – conseguia ouvir os passos do homem chegando cada vez mais perto dele. – Você é podre! Um covarde mentiroso! – Cada vez mais perto. – Você é... – fechou os olhos com força.

— Chega! – Argorio ouviu o som de uma porta se abrindo. – Agora chega, Hector. Vá embora. Eu assumo daqui pra frente.

Argorio abriu os olhos inchados com dificuldade. Inclinou a cabeça para ver melhor. Um vulto se aproximava dele. Era um homem alto e magro. Quando ele se agachou para olhar o prisioneiro de perto, Argorio abriu um sorriso. Era Demra. Era Demra... Tudo ficaria bem. Demra entenderia tudo. Entenderia seu plano.

— Olá, Argorio – falou ele na característica voz grave.

Mas, antes que pudesse abrir a boca para responder, um soco desferido por Demra fez com que perdesse a consciência.

Capítulo Dez

Pela manhã, Midra ficou alguns minutos observando o sol. Depois de um tempo, apontou para Andrella a direção que deviam seguir.

— Vou precisar de ajuda para caminhar – disse ela. Seu tom de voz era calmo e frio. *Como o cabo de uma arma*, pensou Andrella. – Vou precisar me apoiar nos seus ombros. Vai ser difícil e vai doer um pouco. Mas é uma jornada curta.

Andrella fez que sim com a cabeça e aprontou as coisas para a partida. Midra levou a bolsa com o restante das garrafas de água pendurada num dos ombros e Andrella a munição nos bolsos da calça. A arma ia na mão esquerda da moribunda, firme.

O caminho não parecia de nenhuma forma curto. Andrella sentia que Midra pesava cinco vezes mais do que aparentava ser possível com aquele corpo magro, e o calor era tão forte que nem mesmo a proteção da capa térmica parecia oferecer algum conforto. As queimaduras em seu corpo estalavam em sua pele.

No entanto, considerava que estava bem comparada a Midra. Ela estava pálida e, apesar de nunca encostar o pé no chão, a expressão em seu rosto deixava claro que sentia dores terríveis. Eram forçadas a parar com muita frequência para que Andrella pudesse descansar e Midra aplacar um pouco de seu sofrimento com mais analgésicos. É mais do que *eu jamais poderia suportar*.

A certa altura, o tornozelo de Midra voltou a sangrar. A barra de sua calça negra se tornara uma mancha assustadoramente vermelha e de vez em quando pequenas gotas carmesim caíam no chão alaranjado do deserto. Andrella tentava não olhar. Não era nada racional, mas às vezes tinha a impressão de que, se não olhasse, não iria acontecer mais.

— Se eles atacarem – falou Midra bem devagar quando se sentaram para descansar no que Andrella julgou ser a quinquagésima vez –, você me deixa aqui. Eu atiro. Você corre. Está me entendendo?

— Eu não acho que tenha alguém atrás da gente – murmurou Andrella, mas não conseguiu evitar lançar um olhar para trás, para as infinitas rochas do deserto.

— Perguntei se está me entendendo – a voz dela era ríspida e crua, como fora desde a primeira vez.

— Estou – fez Andrella, sem olhá-la. Sabia que ela estava certa.

De acordo com o sol eram duas horas, Midra dissera. *Podemos muito bem estar caminhando há dois dias*, pensou Andrella, com um gosto amargo na boca.

Não sabia dizer bem quando começou a ver as coisas, aquilo que Midra chamou de *destroços*. Eram de todo tipo. Pedaços de ferro retorcido, plástico, objetos pessoais, utensílios de cozinha, materiais de construção – *ou o que sobrou deles*.

De início eram coisas pequenas, mas que iam se tornando cada vez maiores à medida que avançavam. Veículos abandonados, estruturas do que um dia poderia ter sido uma casa ou um prédio público. Até mesmo o solo parecia diferente.

— Onde estamos? – ainda não se atrevia a chamar a mulher pelo nome.

— Esse é o mundo de antes – Andrella não precisou perguntar antes do quê, sabia que era antes do Caos.

— Eu pensei que tudo tinha acabado – murmurou Andrella.

Não tinha. Ainda havia muita coisa ali. Coisas que ela não sabia o que eram, mas que deviam ter algum significado. Objetos que provavelmente teriam pertencido a alguém. Casas destruídas onde um dia pessoas viveram.

— Esse é o verdadeiro Caos – falou Midra, o rosto estremecendo de dor. – Mas não aquele sobre o qual se fala em Metrópole. Essa é a história que ninguém gosta de contar.

— Por quê? – perguntou Andrella, enquanto ajudava Midra a se sentar num pedaço de metal.

— Porque é a história dos perdedores.

Andrella sentia arrepios naquele lugar. Parecia-se demais com o mundo que conhecia.

A professora de Filosofia Metropolitana III, uma mulher baixa, mas incrivelmente forte, frisava que o Caos acabara com tudo. O mundo de antes era marcado pela ausência de inteligência. A ignorância tinha tomado todos os povos, que acabaram por se aniquilar. Aqueles que prezavam a inteligência foram os únicos a sobreviver e fundaram Metrópole. Os proscritos se acabaram no Caos.

Andrella sempre acreditara que o mundo antes do Caos era o oposto de tudo que tinham em Metrópole. Antes do Caos, o mundo era nada.

Mas ali, abrigando-se nas ruínas de uma antiga construção, sentiu um mal estar no estômago, uma súbita falta de ar. Aquela casa onde agora estava não era muito diferente da casa onde morara durante toda sua vida. Aqueles veículos destruídos não eram diferentes dos veículos nos quais entrara. Aqueles objetos não lhe eram totalmente estranhos. Conseguia se reconhecer neles.

Andrella tentava desviar desses restos de mundo. Não conseguia olhá-los diretamente. O papel de parede era do tipo que tio Argorio teria gostado.

Midra a observava de longe, mas não dizia nada. Andrella não sabia se era melhor temer seu silêncio ou sua voz. *Talvez os dois*. Os olhos dela pareciam faíscas de uma fogueira. Brilhavam. *E queimam também*. Agora, com sua pele cada vez mais pálida, contrastavam ainda mais. *Como um pedaço de pão com passas molhado na água*, acrescentou apenas para rejeitar o pensamento como uma comparação inútil.

Comeram ração e beberam quase tudo o que restava nas garrafas. Midra tomou mais três bolinhas de dentro do frasco, mas não tocou na ferida do tornozelo.

— Estamos perto, não estamos? – perguntou, encarando o chão.

Midra a fitou longamente antes de responder:

— Estamos.

Andrella tentou fingir que prestava atenção em qualquer outra coisa, mas o olhar pesado daquela mulher em seu rosto era impossível de ser ignorado.

— É, estamos quase lá, garota. E é por isso que preciso lhe dizer para não bancar a estúpida.

Andrella encarou-a, ofendida. Não era uma garota estúpida. Se fosse, não teria chegado até ali.

— Eu lhe disse uma vez para vir comigo se quisesse viver e acrescento agora que deve fazer o que digo se ainda tiver esse interesse. As bases podem parecer seguras, mas não são. Nenhum lugar é seguro. Pelo menos não até chegarmos ao fim dessa missão – acrescentou depressa.

A garota não conseguiu dizer nada, só encarou Midra de volta. Por um segundo, achou que seus olhos estavam queimando.

— O seu nome agora é Anya, está me entendendo? – a voz dela era séria e forte, e a palidez de seu rosto pareceu completamente irrelevante. – Anya. Invente uma ascendência se quiser, não me importa. Você é uma nova resgatada de Metrópole, está certo? Você veio...

— Resgatada de Metrópole? – as palavras saíram espantadas, antes que Andrella conseguisse impedi-las.

Midra pareceu impaciente:

— Algumas pessoas saem de Metrópole, garota. Já ouviu falar dos proscritos?

— Morreram todos.

— Nem todos, não é mesmo? Já que estou aqui – e seu rosto se retesou levemente numa pontada de dor. – Aqueles que não são desejados na cidade são exilados. Aqueles que descobrem mais do que gostariam são resgatados.

— C-como?

— Não espera que eu conte todos os nossos truques, não é mesmo?

Andrella não sabia o que dizer. Metropolitanos fora de Metrópole? Resgatados? Proscritos?

— Se alguém perguntar – prosseguiu Midra, ignorando sua expressão de espanto –, e eles *vão* perguntar, você deve dizer que resgatei você. Diga que saiu da cidade porque...

— Porque tirei uma nota baixa na escola?

A mulher assentiu com a cabeça, e naquele instante Andrella percebeu que ela sabia. Ela sabia do fracasso.

— Eles vão perguntar várias vezes, de formas diferentes. Eles são espertos, não os subestime. Não mencione seu nome verdadeiro, nem o nome de Argorio. Está me entendendo?

Não vai me pedir para não mencionar o seu? Mas se calou.

— Repita a história para mim. Vamos. Repita.

Andrella pestanejou um pouco, mas sua mente aprendia rápido. Metrópole ainda batia dentro dela.

— Sou Anya apud Eustácia-Barrest. Meus pais são arquivistas. Sou um fracasso do Centro de Educação Metropolitana. Por esse motivo, Metrópole me baniu. Midra me resgatou. Durante a jornada, uma pedra do deserto esmagou seu tornozelo e por isso viemos até aqui. – Ela deu um longo suspiro. – Está bom?

— Está metropolitanamente perfeito.

Midra sorriu ao dizer isso.

A entrada para a base era uma tampa de esgoto. Andrella achou que Midra fosse vedar seus olhos ou fazê-la prometer alguma coisa – *está me entendendo?* – mas se limitou a pedir que ela a ajudasse a erguer a tampa. Não dava para ver o fundo.

A descida seria feita através de algumas barras de metal presas à parede do canal. Andrella concluiu que aquela era a escada. Já estava pensando em como faria Midra descer quando uma voz gritou alto e ela perdeu os sentidos.

Quando acordou, sua cabeça doía. Estava sendo carregada nas costas de alguém. Era uma espécie de túnel úmido e escuro, e o cheiro era ruim. Conseguia ver água pingando das paredes. A iluminação era precária, mas suficiente para mostrar o verde daqueles tijolos.

— Não é nada sério.

Era a voz de Midra. Olhou em volta, mas não conseguiu vê-la. Imaginou que provavelmente se encontrava à frente. Estaria sendo carregada também? *Obviamente.*

— O seu pé foi praticamente esmagado – era a voz de uma mulher. Tinha um timbre firme e elegante. – Vai precisar de cuidados.

— Já tive ferimentos piores – ouviu Midra retorquir.

— Isso não faz com que este não mereça atenção – falou a mulher da voz elegante.

— Midra é feita de ferro. – A voz agora era masculina e rouca. – Não há nada que possa derrubar essa carapaça velha.

— Ela é de carne e osso como todos nós, Edim – a da voz elegante censurou. – Posso lhe assegurar.

— Nada que uma boa dose de tragata ou uma energnização não possa resolver – o homem, Edim, soava um tanto confiante demais.

— Nós temos remédios – a voz elegante não parecia se aborrecer – e toda a parafernália necessária para cuidar de uma coisa como essa. Não precisamos recorrer a nada disso.

— Você tem medo, só isso.

— Não. Só não julgo necessário. Já é tão difícil executar essas coisas com os recursos que temos, para que forçar?

— Você ficou tempo demais na cidade... É o que lhe digo – sentenciou Edim. – Tem medo daqueles com o poder Argoriano.

— Edim, você bem sabe que eu...

— Só acho que deveriam saber – disse Midra, devagar – que a garota já está ouvindo essa conversa.

Andrella sentiu o estômago afundar.

A pessoa que a carregava estacou de chofre e colocou-a no chão sem muito cuidado. Escorregou pelo chão molhado e quase bateu a cabeça na parede de tijolos verdes.

Era um homem corpulento que a encarava. Não dizia uma palavra, mas seus olhos pareciam dizer tudo. Eram cheios de fogo, porém não do tipo que ardia como o dos olhos de Midra; era o tipo de fogo que arde de dentro para fora e atira.

Instantaneamente tocou as queimaduras no couro cabeludo.

— Não se preocupe – falou a mulher da voz de veludo. Andrella percebeu que seu porte físico combinava perfeitamente com ela. Era toda suave e tinha os cabelos grisalhos. Poucos Metropolitanos deixavam seus cabelos assim. – Vamos cuidar dos seus ferimentos.

— Qual é o seu nome, garota? – perguntou Edim.

— Anya – falou depressa.

— Assim que chegarmos – começou Midra, e Andrella percebeu que ela usava cada fibra de seu corpo para ignorar a dor –, quero falar com o Comando.

— Impossível – rejeitou Elegante. – Seu caso é direto para a enfermaria. Sem questionamentos.

— Mande-a pro Comando. – Edim falou em sua voz arrastada e rouca, como seu modo de andar. – Midra tem sangue nas veias.

— E é exatamente por esse motivo que vou levá-la para cuidados médicos, Edim – censurou a outra. – Para que ela não sangre mais do que deveria.

— Eu quero falar com o Comando! – Andrella achou que Midra estava gritando, mas ela não estava.

— Vai falar quando estiver melhor. Agora vamos direto pra enfermaria. Borus, traga a garota também.

O homem que carregara Andrella olhou-a de modo vazio. Ele levantou a mão e, por um momento, ela pensou que voltaria a carregá-la. Mas ele apenas ajeitou a camisa.

Continuaram andando pelos túneis, e o único som a encher o ambiente além dos passos eram as palavras de Edim. A maioria delas sobre Midra. Esta, por sua vez, estava em silêncio, a cabeça caindo pesada para o lado esquerdo. Aparentemente fora vencida pelos ferimentos. Andrella quis ir até ela e perguntar como estava, mas não foi.

Os corredores do esgoto terminaram numa galeria com tijolos avermelhados. Veludo pediu ajuda para abrir a porta.

Que porta? pensou Andrella, confusa.

O homem que a carregara deu alguns passos à frente e parou em frente a uma parede na esquerda. Andrella apertou os olhos, procurando a porta a ser aberta, e levou um susto quando o homem escalou alguns tijolos e depois dependurou-se no teto. O peso de seu corpo abriu um alçapão.

— Vamos precisar de ajuda aqui – falou Veludo, lançando um olhar preocupado a Midra.

A subida, como Andrella esperava, foi difícil. O homem a ajudou a subir, puxando-a pelo braço, mas ela mesma escalara os tijolos vermelhos. O apoio para os pés era estreito, mas tinha feito treinamento físico a vida inteira e caminhara dias no deserto. Aquilo devia contar para alguma coisa.

Edim subiu em seguida e Veludo ajudou a erguer Midra. Ela foi suspensa enquanto Edim já estava no alto do alçapão, e Veludo subiu alguns tijolinhos com a mulher nas costas. Midra resmungava qualquer coisa enquanto tentava se manter firme.

O homem fechou o alçapão uma vez que todos estavam lá em cima, e Andrella viu um novo mundo descortinar-se à sua frente. Por uma base, imaginara algumas coisas, mas o que viu, mais uma vez, estava longe de suas expectativas.

A base era um longo corredor de tijolos úmidos, com portas de metal dos dois lados. Pessoas se amontoavam no corredor. Pessoas sujas. Pessoas doentes. Pessoas enroladas em trapos. Pessoas carregando armas. Mulheres. Homens. Crianças. Pessoas por toda volta.

Nenhum deles olhou a comitiva com interesse, no entanto, e os cinco tiveram que abrir caminho com dificuldade em meio à turba, com Veludo à frente.

Andrella não conseguia tirar os olhos daquelas mulheres e homens. Eram tão sujos, tão imensamente sujos, com suas roupas maltrapilhas e rostos suados... Mas logo se deu conta de que provavelmente não devia estar muito diferente deles. Talvez morasse aí a falta de interesse. Deixara Metrópole havia *quantos dias?* Andara pelo deserto, fugira. De repente, teve consciência de seu próprio cheiro. A sensação foi horrível, achou que fosse vomitar pela segunda vez.

Fechou os olhos devagar, mas continuou seguindo Veludo e os outros pelo que pareceram quilômetros e quilômetros de corredor. Quando chegaram a uma porta de metal com aparência mais nova que as anteriores, pararam.

Veludo abriu a porta e o grupo entrou no que parecia ser uma despensa. Havia prateleiras e mais prateleiras com frascos e caixas em todas as paredes e mais frascos e caixas no chão. Duas camas estavam encostadas num canto e um monitor desligado se encontrava entre elas.

Uma garota de cabelos amarrados de mau jeito saiu de trás de uma cortina de plástico. Andrella observou sua pele macilenta e suas luvas de plástico e sentiu uma leve tontura.

— Sara, preciso que me ajude – disse Veludo numa voz segura. – Midra está gravemente ferida. Parece que foi um tiro no tornozelo ou coisa parecida.

— Uma pedra caiu – falou Andrella, sem perceber.

— Que seja – disse Veludo, enquanto ajudava Edim a colocar Midra numa das camas. – Qual o procedimento, Sara?

A garota pareceu bem incerta antes de responder:

— Limpar a ferida e checar se algum osso foi quebrado?

— Se uma pedra esmagou, com certeza um osso foi quebrado, não? – A voz de Veludo já não se parecia tanto com veludo.

— Analgésicos?

A garota tremia e Andrella percebeu que ela estava sendo treinada. *Para ser médica.*

— Eu dei alguns pra ela – e mais uma vez Andrella deu por si falando. – Estavam num frasco.

Veludo a encarou por alguns instantes antes de ignorá-la por completo.

Edim e o outro homem deixaram a sala. Midra parecia lutar para abrir os olhos.

— Vamos começar limpando a ferida, Sara.

Sara correu até o outro lado da sala e trouxe uma bacia de plástico com água. Colocou-a em cima da cama com cuidado, e depois foi até uma das caixas no chão para tirar dali duas toalhas encardidas.

Andrella observou Veludo pegar uma tesoura na gaveta. Pensou que ela cortaria as toalhas com ela, mas ao invés disso cortou a barra da calça de Midra, que gemia coisas incompreensíveis na cama.

Sara se aproximou com um rosto infeliz e ajudou Veludo a descartar a tira da calça ensanguentada. Pegou uma das toalhas e molhou-as na água da bacia. Quando limpou o sangue da ferida, Midra soltou um grito que fez Andrella estremecer e se encolher no fundo da sala.

— É, isso não está bonito – fez Veludo numa voz estranhamente calma. – Sara, tire o torniquete que ela amarrou.

— Mas, senhora... Eu...

— Faça o que estou pedindo – era o tipo de tom que não admitia recusas. Andrella se perguntou se todos na base eram assim.

Sara se aproximou devagar da perna de Midra com o semblante mais infeliz do mundo.

— Temos que nos livrar do sangue estancado aí, mas é preciso amarrar de novo, senão ela sangra até morrer – explicou Veludo, como se estivesse pedindo alguém para trazer um copo de água.

Sangrar até morrer? Andrella entrou em pânico e sentiu suas mãos suando frio. Como isso poderia acontecer? Quer dizer, não se podia sangrar até morrer, podia? Nunca tinha visto nenhum tipo de acidente em Metrópole, como é que algo assim poderia existir?

— Eu... Eu quero falar com o Comando.

Era Midra, balbuciando enquanto tentava se levantar da cama.

— Você não consegue ir a lugar algum – sentenciou Veludo. – E acho melhor ficar deitada.

Quando Sara finalmente desamarrou o tal torniquete, o lençol se encheu de um vermelho intenso. Andrella tinha visto o sangue de Midra – *na rocha do deserto* – mas por algum motivo, no lençol branco encardido, era uma visão opressora.

Sentiu uma leve tontura e não viu mais nada pela segunda vez.

Capítulo Onze

Andrella dormiu um sono sem sonhos. Fazia dias, talvez até uma semana, que não se deitava em uma cama de verdade para dormir. O estrado de madeira forrado que a base chamava de cama podia não ser exatamente aquilo a que estava acostumada, mas era tudo que seu corpo pedia.

Seu corpo pedia. Aquilo era contra tudo que vira na vida. *A mente domina o corpo*, diziam os instrutores Metropolitanos. Se sua mente fosse suficientemente forte, você não ficaria doente. Se tivesse disciplina para moldar seu cérebro, envelheceria melhor, até mais lentamente. Metrópole funcionava. E funcionava porque suas bases eram verdadeiras. A mente sempre deve vir primeiro.

As crianças Metropolitanas aprendiam isso muito cedo. Os exercícios diários de respiração, a meditação de foco, os exercícios de lógica. Por que pedir um doce se você sabe que ele não fará bem à sua saúde? Por que chorar pela sua mãe se você sabe que a chance de a presença dela modificar suas condições de segurança é mínima?

Tudo isso faz o mais perfeito sentido, pensou antes de dormir.

Mas o nível de exaustão de seu corpo tornava aquela cama macia. *E nada disso está na minha mente, está?*

Pela manhã, um homem com marcas no rosto veio entregar a Andrella a refeição, que consistia em uma espécie de mingau nutritivo de cor acinzentada. O homem perguntou a ela sua história e Andrella repetiu exatamente o que ensaiara com Midra. Suspeitava que tinha até usado as mesmas palavras.

O homem permaneceu na sala e ficou observando Andrella comer. Era uma sensação estranha, ter alguém assistindo a seu café da manhã. Ela não sabia muito bem como se comportar. Acabou dividindo sua atenção entre o prato de comida e as marcas avermelhadas nojentas na pele do homem.

Quando terminou de comer, o homem saiu, deixando-a sozinha

na ampla sala que, pelo que ouviu, chamava-se enfermaria. Numa cama, envolta por cortinas, estava Midra. Andrella achava que conseguia ouvi-la respirar, mas era só impressão.

Não viu mais Veludo na sala, apenas um rapaz de cabelos amarelos que usava o mesmo tipo de roupas que Sara. Ele se apresentou como Lorenzo. Sorria demais. Trouxe para Andrella uma muda de roupas limpas e também uma sacola de pano azul.

— Posso tomar um banho?

Lorenzo sorriu de leve antes de dizer:

— Vai notar que é um pouco difícil conseguir água aqui no deserto. Mas vou avisar que você pediu. Sua viagem foi difícil.

— Ela está bem? – perguntou Andrella, apontando a cama onde Midra estava.

— Fizeram o melhor que puderam. Agora só resta esperar – disse ele. Depois, percebendo o olhar de apreensão da garota, tentou amenizar. – Ela já passou por coisas piores, imagino. Não se preocupe. Concentre-se agora em sua nova vida.

Nova vida. *Nova vida*? Que nova vida?

Venha comigo se quiser viver.

— Um encarregado irá lhe mostrar tudo, não se preocupe. Você vai aprender rápido. O pior já passou.

Andrella fez que sim com a cabeça. O comentário de Lorenzo não era baseado em nenhuma conjectura científica, mas queria acreditar nele. Quase acreditou.

Quando um assistente de Veludo, um moço alto de cabelos muito curtos, terminou de passar um fluido espesso nas queimaduras de Andrella, ela foi liberada para o longo corredor que atendia pelo nome inapropriado de cidade.

Andrella logo descobriu que o ambiente não se limitava apenas àquele corredor imundo, mas também a galerias e salões igualmente sujos. O ar era carregado e tinha cheiro de coisas que Andrella não conseguia identificar. Era um mundo alheio a tudo que já vira.

As pessoas também eram sujas. Algumas tinham cabelos compridos (e qual era a função deles?), outros não tinham alguns dentes, apresentavam pústulas e marcas na pele. Havia muita gente ferida também. Mulheres de aspecto faminto, homens com membros a menos e crianças com estranhas deformações no rosto.

Pegou-se pensando nas amplas avenidas iluminadas da cidade--estado e na limpeza dos prédios públicos. Tudo era tão... Não sabia ao certo a palavra.

Um rapaz de nome Ilio se apresentara como seu instrutor.

— Estou à sua disposição – a voz dele era calma, mas não controlada como a dos professores do Centro de Educação Metropolitana. – Vou te mostrar tudo o que há por aqui.

Andrella andava um pouco afastada dele. Ilio. O nome já a deixava apavorada. Tivera um professor de música chamado Ilio quando criança. Quando o rapaz disse o nome, sentiu uma imensa revolta, mas barrou a língua. Midra tinha lhe dito para não chamar atenção, então ficou quieta, e Ilio pareceu não reparar.

Mas a questão não a abandonava. Como duas pessoas poderiam ter o mesmo nome? Um nome era algo único, uma marca de distinção. Como poderia haver dois seres distintos se eles partilhavam o mesmo nome?

Andrella tinha problemas em processar Ilio. Isso porque a imagem do professor de música, com suas sobrancelhas espessas e lábios finos, se contrapunha a todo momento à visão do garoto de cabelos compridos. *Não faz sentido ter cabelos grandes assim!*

Mas, à medida que conhecia a base com a ajuda de Ilio, percebia cada vez mais que nomes se repetiam ali. Havia dois Tonys e no mínimo quatro Arianes. Era um costume comum entre aquelas pessoas e ninguém parecia se importar com o quanto aquilo era perturbador. Andrella tentava manter seu rosto sem expressão enquanto caminhava pelos túneis e galerias, mas não podia deixar de torcer para não encontrar alguém que tivesse o mesmo nome que o seu.

Eu morreria. Perderia minha identidade.

Andrella foi arrancada da intensa sensação de falta de ar quando Sara, a assistente de Veludo, apareceu no corredor cumprimentando Ilio. Fez isso de um jeito estranho, a garota não pôde deixar de notar. Ela vinha ao encontro dele sorrindo, como se estivesse feliz por alguma coisa, e depois seus corpos se encontravam enquanto os braços envolviam um ao outro, até tocar as costas.

— Essa é Anya – explicou Ilio a Sara quando eles se soltaram daquele estranho movimento. – Ela é uma recém-chegada.

— Eu sei quem é, seu idiota. – Andrella ficou horrorizada com o vocabulário e as maneiras da garota. – Fui eu quem cuidou dela na enfermaria da bruxa velha.

— Não sabia que você tinha sido transferida pra lá – Ilio franziu a testa, como se estivesse preocupado com alguma coisa.

— Eu sei – fez Sara, baixando a cabeça. – Mas a bruxa acha que preciso de supervisão. Pedi dispensa, poxa, eu podia fazer outra coisa, *qualquer* outra coisa, mas ela diz que levo jeito. E não importa nada que eu diga.

— Já te disse pra falar com alguém – a voz de Ilio continuava expressando aquela preocupação alheia a Andrella. *Por que ele está tão interessado? Essa garota sequer se expressa claramente...*

— Ninguém vai ajudar. Ninguém está nem aí pra onde estou trabalhando e quais são meus problemas. – Sara usou um tom agressivo que Andrella julgou totalmente desnecessário.

— Mas isso é injusto! – exclamou Ilio franzindo a testa.

— Você e suas ideias de injustiça. Com esse Comando agora, trabalhar na enfermaria é o de menos – retorquiu Sara, virando o rosto para a parede.

— O Comando – começou Ilio, subitamente encarando Andrella – é o responsável pela nossa base. Mas nem sempre foi ele.

Lembrou-se de Midra no corredor, pedindo para falar com o Comando. Então era uma pessoa...

— Não está curiosa? – perguntou Ilio numa voz calma.

— Eu...?

— Não quer me perguntar nada sobre o Comando?

Os olhos dele assumiram uma expressão estranha. Andrella tentou se desviar deles. Eram grandes olhos escuros e brilhantes.

A verdade que batia dentro dela era que queria fazer perguntas sobre o Comando. Queria saber, queria desesperadamente saber alguma cosia sobre o Comando. Queria perguntar quem era, o que ele fazia, onde ele estava. Até se tinha cabelos compridos também. Mas nada daquilo fazia sentido. Por que queria fazer aquelas perguntas?

— Olha – começou o garoto, pausadamente –, você não precisa me perguntar agora. Só quando tiver vontade. E se você ficar com vontade de perguntar, não tem problema algum. É só uma pergunta.

Andrella assentiu com a cabeça, mas não disse nada.

— Eu preciso falar com o Comando! – gritou Midra pelo que talvez fosse a milésima vez.

Os dois enfermeiros simplesmente se limitavam a ignorá-la.

Não conseguia se mexer. A dor e os efeitos dos remédios ainda eram fortes o suficiente para deixá-la zonza.

— Me escuta – cada palavra era um sofrimento –, eu preciso falar com o Comando. E não é só o Comando daqui, preciso mandar uma mensagem urgente pra Morana.

— Escute, senhora Midra – disse a enfermeira (qual era o nome dela mesmo? Lorraine? Lora? Não conseguia lembrar) –, a senhora precisa descansar. São ordens expressas da senhora Yaltana.

— Então chame Edim! – pediu ela. Edim com certeza a ajudaria, ele encontraria um jeito...

— O senhor Edim partiu para uma missão importante – informou o enfermeiro; Midra se lembrava dele também, mas o nome era como um inseto indesejável voando acima de sua cabeça. – Mas deixou seus sinceros desejos de melhora pra senhora.

— Pro inferno com os desejos de melhora! – berrou Midra, brandindo os braços com força apenas para sentir uma dor lancinante. Tinha ferido o tornozelo, mas seu corpo inteiro doía.

— A senhora está fraca – falou a enfermeira, dando-lhe um sorriso bondoso insuportável. – Precisa descansar. Uma dose de calmante irá ajudar.

— Não – disse Midra, mais uma vez agitando os braços, ignorando completamente a dor. – Não quero calmante. Quero falar com o Comando.

— Lamento.

Tentou outra abordagem:

— Por favor, é importante – seus olhos suplicavam.

— Me desculpe, senhora.

Gritou e esperneou, ignorando completamente a dor que lhe tomava, mas o enfermeiro a segurou na cama. A enfermeira veio com o medicamento. Midra sentiu seu efeito quando ele começou a penetrar lentamente em suas veias.

— Então chame a garota...

Andrella foi dormir num quarto pequeno juntamente com outras mulheres. A maioria delas era velha. Suas peles eram macilentas e seus cabelos, brancos. Os dentes se projetavam para a frente, amarelos, e a voz saía falha quando falavam. Andrella as olhava, desconfiada. Velhice era apenas um conceito em Metrópole.

— Não fique com medo – falou Ilio. – São só mulheres. Algumas estão doentes, outras apenas esperando ir para outro lugar. Não farão mal a você. Amanhã de manhã voltarei para buscá-la.

— Por favor – pediu Andrella antes que pudesse se deter –, não me deixe aqui sozinha. Por favor.

Sentiu-se imediatamente estúpida por ter dito aquilo. Ilio só se limitou a sorrir.

— Você vai ficar bem, Anya.

Quando ele saiu, a garota olhou em volta, apreensiva. Um grupo de mulheres conversava enquanto organizavam seus pertences ou arrumavam as camas. Havia ao todo sete e algumas delas tinham que dividir o lugar de dormir. *Ou o que elas julgam ser um.*

— Olá – cumprimentou uma delas com um sorriso. – Meu nome é Eléne. Qual é o seu?

— Anya – o nome era um alívio.

— Oi, Anya. Não precisa ficar nervosa. Por que não vem comigo buscar um cobertor?

Relutante, Andrella seguiu Eléne até um baú no outro lado do quarto. As outras mulheres ficaram observando.

— Vamos lá, você pode escolher qualquer um – ela disse numa voz que Andrella achou ser muito musical. *Teria a mulher feito aulas de canto e técnica vocal neste lugar?*

As opções não eram muitas. Andrella pegou o que parecia mais grosso e com menos traços de má conservação. O tecido era macio ao toque.

— Que tipo de fibra é essa? – perguntou. Seus dedos alisavam o cobertor sem que percebesse.

— Isso é lã – respondeu Eléne, e Andrella ouviu algumas mulheres rirem ao fundo.

— Lã? – nunca ouvira falar.

— É um tecido feito a partir do pelo de alguns animais – explicou Eléne.

Andrella estremeceu. Pelo *de animais?*

— Calma, menina – falou uma das mulheres velhas. – Pelo o que sei, isso aí pode ser sintético.

E todas as mulheres riram, exceto Eléne.

— Não se importe com essas coisas. Pense que você está aqui agora e que está acolhida conosco. Não precisa mais ter medo. Pode ficar com aquela cama ali à esquerda.

Andrella andou devagar até a cama indicada por Eléne e se

sentiu aliviada ao ver que era distante das mulheres velhas e doentes. Não saberia o que fazer se estivesse perto de uma delas. Não era o tipo de coisa ensinada na Educação Metropolitana.

— Você logo se acostuma – disse uma mulher jovem, deitada na cama logo ao lado da sua. – No começo é ruim, mas depois começa a entender melhor as coisas. Você começa a perceber porque as coisas eram erradas lá. Por mais que parecessem certas.

— Você veio de Metrópole? – perguntou Andrella, estudando o rosto cansado da outra.

— Foi – respondeu ela. – E agora estou aqui. Não é tão difícil quanto parece.

— Qual é o seu nome?

Andrella se sentiu irracionalmente feliz por saber que ouviria um nome único e especial.

— Sanlin.

— Não me lembro de você, Sanlin – e era verdade. Isso a deixava confusa. A diferença de idade entre elas não devia passar de três anos. O Centro de Educação Metropolitana prezava por seu número seleto de alunos.

— Metrópole apaga seus fracassos – respondeu Sanlin, com um sorriso que Andrella achou desconfortável. – Você não se lembraria mesmo.

Não soube o que dizer. Apenas se limitou a fitar a expressão no rosto da moça.

— Não se preocupe, as perguntas virão e as respostas também.

Sanlin se deitou em sua cama e uma das mulheres mais velhas anunciou que as luzes seriam apagadas. Andrella se aninhou no lugar que lhe era reservado e demorou para dormir. Quando conseguiu, sonhou com Billy Esfera e os esquecidos de Metrópole.

Um olho de cada vez. Não, não é tão difícil. Era só abrir o olho, o que havia de tão difícil nisso? Abrir os olhos. Já vivera coisas piores que isso.

Uma vez, levara um tiro na coxa e arrancara a bala com a ajuda de Edim. Os dois caminharam por horas depois disso. Já enfrentara o sono e a fome. O calor do deserto. *E a guerra também*, não dava para esquecer essa parte.

Tinha sofrido um ferimento sério, sem dúvida, o tornozelo fora praticamente esmagado, mas nunca se sentira tão vulnerável. E estava com medo. Precisava falar com o Comando, entrar em contato com Morana de alguma forma. Dizer que estava com a garota.

A garota... Ela não estava mais na enfermaria e os dois enfermeiros se recusavam a dizer onde estava. Como uma recém-chegada, provavelmente seria monitorada e apresentada à base. Conheceria pessoas. *Vão forçá-la a interagir até que comece a fazer perguntas. Só espero que ela não seja estúpida e faça as perguntas erradas.*

Morana tinha confiado nela para a missão mais importante de todas. Não falharia. Tinha que encontrar a garota e prosseguir a viagem. O que voltava ao ato de abrir os olhos.

Um de cada vez, Midra.

Quando finalmente conseguiu, deu de cara com o olhar acusador do enfermeiro. Odiava aqueles sorrisos treinados.

— Está se sentindo melhor, senhora Midra?

— Sim. Como está o ferimento?

— Está indo bem, senhora. Por sorte, nada ficou tão danificado que não pudéssemos consertar. Inclusive, Lurna – *então esse é o nome da enfermeira* – fez uma energização poderosa.

Midra fez uma careta que o enfermeiro tomou como um sinal de dor.

— Não preciso de nada. Só quero saber onde está a garota.

— Que garota?

Você sabe muito bem que garota, seu idiota.

— Anya – tentou soar despretensiosa –, a recém-chegada.

— É pouco usual esse seu interesse, senhora Midra. – A voz do enfermeiro era incômoda, e Midra achou que ele sorria demais para alguém que trabalhava longas horas em péssimas condições. – Algum motivo especial?

— Meu tornozelo foi esmagado e a garota me carregou. Preciso de mais alguma coisa?

— Gratidão é definitivamente um sentimento muito nobre.

Os olhos dele piscavam, acentuando aquele sorriso imbecil.

Midra começou a sentir frio e fez um movimento para trazer o cobertor mais para perto de si quando o enfermeiro barrou sua mão e cobriu-a até o pescoço ele mesmo. Seu toque era lento e firme.

— Uma gratidão que te fez gritar a noite inteira um único nome. Achei meio perturbador, e o Comandante Hector também pareceu um tanto intrigado por esse seu comportamento.

Midra subitamente sentiu mais frio ainda. Se Hector era o Comandante ali, abrir os olhos seria o menor de seus problemas.

Capítulo Doze

"Essa é a vida real ou é apenas fantasia?"

Andrella caminhava atrás de Ilio rumo ao refeitório quando parou de chofre no meio do corredor. Eléne tocava violão encostada à parede de pedra fria. Sua cabeça pendia para trás enquanto cantava, e Andrella viu que tivera razão em supor que sua voz era treinada. Ela era uma soprano bem qualificada.

Devagar, aproximou-se do pequeno grupo que se formara em volta da mulher. Andrella observou, confusa, Eléne cantar algumas palavras que eram conhecidas em Metrópole. Mas aquelas eram diferentes. Não falavam da busca da vida melhor e sim de uma pessoa arrependida e enlouquecida por ter cometido um crime. Um crime de morte e sangue. *Sangue. Como nas paredes aquele dia...*

A melodia era estranha a seus ouvidos, e a técnica de Eléne no violão era mínima. A própria Andrella dominava o instrumento com muito mais precisão e eficiência do que a outra, e música não era sua área de dedicação.

Eléne perdia o tempo, mascava as cordas, errava notas. Era completamente imprecisa do ponto de vista técnico. Mas Andrella não conseguia parar de olhar para ela, de prestar atenção. Era música como nunca tinha visto antes. A coisa mais incrível que já ouvira em toda sua vida e não sabia explicar por quê. Tinha ido a inúmeros concertos de Elis, que era provavelmente a Metropolitana de maior talento musical dos últimos anos, e nunca tivera aquela sensação ao ouvir música. Era uma batida estranha no coração.

"Você acha que pode me amar e me deixar para morrer?", cantava Eléne, e lágrimas enchiam seus olhos.

— Por que ela está chorando? – perguntou Andrella, sentindo os olhos faiscarem de leve.

— É uma música triste – respondeu Ilio com sua voz pausada característica.

— Por causa do crime? – e Andrella se lembrou de que também tinha chorado por causa de um crime.

— Por causa do desespero.

Quando a música terminou, algumas pessoas em volta bateram

palmas. Eléne agradeceu e voltou a tocar uma música diferente, que Andrella não conhecia.

— Ainda bem que acabou.

Andrella olhou para trás e viu Sara. Ela e Ilio fizeram o mesmo cumprimento estranho da última vez.

— É uma música bonita, mas me faz lembrar de coisas ruins.

— É uma música Metropolitana. – Andrella sentiu-se estranha em interromper a conversa. – Mas está diferente.

— Isso não é música de Metrópole – fez Sara, impaciente. – Isso é coisa de gente de verdade.

— O quê? – perguntou Andrella, confusa.

— Ela quer dizer que essa música é mais antiga. É da época do Caos.

— Não pode ser – a voz de Andrella era firme. – É composição Metropolitana. Vocês só tocam uma versão distorcida. Já vi que há outros Metropolitanos aqui – e pensou na garota Sanlin. – Eles poderiam ter ensinado.

Sara abriu a boca para dizer alguma coisa, mas o olhar de Ilio a calou.

— Escute, precisamos comer. E depois vou levá-la ao pátio. Há algo lá que você precisa ver.

A comida se mostrou o mesmo mingau cinzento do dia anterior e Andrella descobriu que a cada colherada ficava mais difícil tolerá-lo.

— Chamamos isso aqui de mingau de pedra – falou Ilio, entre uma colherada e outra. – Porque não tem gosto de nada, mas é consistente.

Sara soltou uma risada e Andrella deu um sorriso.

Quando saíram do refeitório (Andrella não pôde deixar de se assustar com o número de pessoas ali. Eram tantas, não parecia possível sobreviver naquela sujeira e em túneis tão abafados), caminharam por um corredor longo fracamente iluminado por lâmpadas amarelas.

O túnel desembocou em uma sala ampla, a maior em que Andrella já tinha entrado até então, e a visão a fez perder o fôlego.

Algumas dezenas de pessoas – *pessoas velhas e sujas* – estavam dispostas em fileiras e executavam com perfeição exercícios de respiração Metropolitanos.

Não achava que conseguiria se alimentar; cada movimento de seu corpo, por menor que fosse, era agonia. Mas conseguiu se erguer um pouco na cama com a ajuda de Lurna.

Midra percebeu que ela era uma garota paciente e dedicada. Não parecia má, apesar de usar a palavra *senhora* vezes demais.

Quando tentou voltar à sua posição deitada inicial, Lurna a ajudou. Não repeliu suas mãos. Estava zonza, sentia-se como se estivesse sendo esfaqueada. *Por todos os lados.*

A verdade era que não entendia. Como poderia estar naquelas condições? Era um tornozelo quebrado, no máximo fraturado. Talvez esmagado. Mas era só isso. *Só* isso.

Não fazia sentido aquela dor que sentia. A dor em todo o corpo. A não ser que... *A não ser que tenha se passado tempo demais.* Que o torniquete estivesse fraco. *Que minha perna esteja morrendo agora...*

Fechou os olhos com força e achou que fosse vomitar. Não podia ser. Não podia perder a perna. O que faria?

— Mas que merda! – gritou, batendo o punho com força na cama, o que só fez a dor aumentar ainda mais.

— Está tudo bem, senhora?

É claro que não, sua idiota. Estou morrendo. Estou agonizando e nem as suas energizações imbecis serão capazes de me fazer melhorar!

Mordeu o lábio inferior com força. De alguma forma, o olhar atencioso de Lurna fazia com que se sentisse pequena. *Me lembram o que foi antes...*

— Que base é essa? – perguntou, a fim de fazer desaparecer de sua mente a imagem daquela casa.

— Somos o posto de emergência de Água do Ninho, senhora.

Midra vasculhou a mente em busca de lembranças, mas achava que provavelmente nunca estivera em Água do Ninho. Talvez Edim tivesse lhe dito alguma coisa sobre aquele lugar, mas agora, com tantas substâncias correndo em suas veias, não tinha muita certeza.

— Eu não sabia que Yaltana estava aqui – foi o que conseguiu dizer. – Pensei que ela estava mais ao sul.

— A senhora Yaltana foi convidada pelo senhor Hector. – A voz de Lurna era tão suave que às vezes Midra achava que iria dormir ao doce som dela. – Precisávamos de uma enfermaria. Não tínhamos uma e havia muita doença na cidade, senhora.

— E desde quando você é enfermeira para Yaltana?

— Pouco mais de um mês, senhora. Mas fico feliz por ter sido escolhida, sempre quis ajudar. E minha mãe me disse que era uma grande chance.

Ela tagarelou mais a respeito da mãe e da alegria de estar ali trabalhando, mesmo que as condições fossem ruins, mas Midra não conseguia prestar atenção. *Ela é uma garotinha e eu estou morrendo. E ela é tudo que tenho.*

A ausência de Yaltana era incomum. Não a vira desde que chegara. A não ser, é claro, que ela a estivesse visitando enquanto dormia. *E só esse deserto sabe que tenho dormido muito.*

Fechou os olhos, devagar, e só quando voltou a abri-los é que percebeu que tinha dormido mais do que pretendera.

Tentou se erguer um pouco na cama, como era hábito, mas estacou de repente. As mãos que vieram ajudá-la não eram as de Lurna. Nem as do enfermeiro de olhos odiosos. Eram as mãos firmes de Hector, o Comando de Água do Ninho.

O homem que mandara Midra a julgamento anos atrás.

— C-como? – perguntou Andrella a Ilio, sem desgrudar os olhos da visão de não-Metropolitanos usando técnicas da cidade-estado.

— São exercícios para aumentar a concentração, ajudam os mais velhos a não sentirem tantas dores – foi Sara que respondeu. – Esse conhecimento do controle da respiração e do domínio mental apareceu muito antes de Metrópole.

— Mas foram os Metropolitanos que desenvolveram! – A voz de Andrella saía engasgada. – Os Metropolitanos encontraram um novo modo de viver e subjugaram o Caos!

Sara soltou uma risada áspera.

— Mas é a verdade! – reagiu Andrella. – Todos sabem como os Metropolitanos foram os únicos que sobreviveram ao Caos por terem focado no controle da mente e em todo o potencial intelectual da humanidade.

Andrella sentiu o rosto queimar e soube que o motivo era a risada de Sara.

— Olha, eu não queria ser grosseira. Mas é que já ouvi bastante essa história de todos os Metropolitanos que chegam por aqui. – Sara era agressiva, mas de um jeito diferente de Midra. O sorriso dela não dava tanto medo. A sensação era outra. – A maioria deles parece gostar mesmo de usar palavras como "subjugar", "controle" e "potencial intelectual". Dá um efeito interessante quando se para pra pensar nisso, não é?

— O que a Sara quer dizer, Andrella – Ilio tomou a palavra –, é que os Metropolitanos não exatamente criaram os exercícios. Eles aprimoraram uma técnica que já existia antes.

Andrella não conseguia prestar atenção no que o rapaz à sua frente explicava. Era difícil processar. É um absurdo, é... Começou a sentir-se enjoada mais uma vez, mas a sensação a abandonou quando se lembrou do sangue nas paredes de sua casa, do fim do corredor atrás do armário...

O que era aquilo que sentia agora?

— Vamos lá – chamou Sara. – Você definitivamente precisa de uns exercícios.

Racionalmente, Andrella concordou. Precisava mesmo se exercitar. Mas não conseguia se concentrar de maneira satisfatória. Sua mente estava na garota Sanlin e nas coisas que pareciam certas e erradas ao mesmo tempo.

— Você está bem?

Andrella sabia que estava. Tinha acabado de fazer exercícios de concentração. Seu corpo estava revigorado. Ainda assim, sentia algo oprimindo seu peito. Ilio pareceu perceber sua aflição, pois colocou a mão em seu ombro esquerdo. O toque dele era quente e confortador. Em algum lugar de sua mente, Andrella se lembrou da palavra ternura.

— Eu acho que você vai ficar bem.

Ele sorriu. Andrella não conseguia entender como ele podia sorrir num lugar como aquele. Numa vida como aquela. Comendo mingau de pedra, ajudando velhos a ficar em pé, se arrastando por paredes sujas. Midra lhe dissera para ir com ela se quisesse viver, mas aquilo não era vida. Teria a mulher mentido? Ela tinha uma arma, afinal.

— Não fique chateada com Sara, ela só perde um pouco a paciência às vezes, mas é uma boa pessoa.

— Eu não fiquei chateada – replicou Andrella. – Por que ficaria?

— É que não acho que ela vê o quanto você é diferente – falou Ilio, encarando-a de um modo que deixou Andrella confusa.

— Diferente como? -- não gostava daquela ideia.

— Digamos que sou bom em ler pessoas – falou Ilio, rindo de novo aquela risada descompromissada –, e às vezes, quando leio você, vejo que existe algo mais no fundo disso tudo.

A mão dele ainda estava em seu ombro. Estranho como ficara incrivelmente consciente dela naquele momento.

— Como o quê?

— Como alguém especial – os olhos dele brilharam levemente. – Alguém com uma história importante para contar.

Andrella sentiu seu corpo tremer. Não queria ter história nenhuma.

— Acho que tenho que ir – falou, tirando a mão do garoto de seu ombro e fazendo o caminho de volta para seu quarto.

Sentou-se em sua cama – se é que aquele amontoado de pano sujo podia ser considerado uma – e mediu sua pulsação. Estava alta.

Ninguém lia pessoas, aquilo não existia, era impossível. Mas por que Ilio era tão simpático, por que falava coisas como aquelas?

É o trabalho dele. Apenas o trabalha dele.

Mas algum lugar de sua mente, aquele que fora treinado por tio Argorio durante anos com jogos de palavras e enigmas, lhe dizia que Ilio sabia quem era ela. E que aceitava.

Encolheu-se na cama devagar. Não queria pensar naquilo. Deixaria Metrópole para sempre se o fizesse, não deixaria?

Apenas uma senhora, de cabelos completamente brancos e olhos desfocados, ocupava o quarto. Andrella virou na cama, para encarar a cabeça. Queria pensar em matemática, como fazia antes de dormir em sua cama em Metrópole, mas não conseguia. Estava inquieta. Puxou as cobertas com um incômodo maior que o normal. Como as pessoas podiam dormir em algo tão desconfortável? Não era à toa que não desenvolviam seu intelecto.

Cansada, levantou-se para tentar ajeitar o colchão cheio de caroços. Foi quando viu que havia um livro enfiado entre os lençóis, de forma quase proposital. Quando o pegou, Andrella quase soltou um grito irracional.

Era o *Tratado do Controle da Mente e Manipulações Físicas*, de Argorio Marfin.

— De todas as pessoas no mundo, ou pelo menos do que resta dele... – Uma risada saiu do canto da sua boca. – Pensei que você seria a última a aparecer aqui. O que só me deixa uma hipótese para o porquê desse fato ter ocorrido. – A pausa na fala foi dramaticamente intencional e ridícula, como sempre. – Você não sabia que eu estava no Comando aqui.

Midra não costumava sentir medo. Como poderia? Passara a infância em meio aos escombros e a adolescência em meio à guerra. Fizera um treinamento de base com Morana. Seu corpo carregava as cicatrizes das situações em que tivera coragem. Mas com Hector, bem, aquilo era diferente.

Observou seu porte atlético e seu queixo quadrado. Somente os cabelos ralos denunciavam sua verdadeira idade. Não era preciso observar muito para perceber que o homem era uma máquina de bater. Até o jeito como andava... *Faz cinco vezes mais barulho que um homem normal.*

— Você acredita na providência, Midra? Ou, como diriam com mais frequência, na predição? Na possibilidade? Ou qualquer outra palavra mística com a letra p?

Manteve o silêncio. Em parte porque sentia muita dor. Em parte porque não era de falar muito. No todo porque Hector era imprevisível e ela não era burra.

— Pois eu digo que acredito. É verdade. Depois de todos esses anos, de todas aquelas ideias, planos, experimentos, pesquisas, finalmente acredito. Ninguém nunca realmente entendeu as implicações, mas eu entendi. – A pausa calculada foi somada a uma risada rouca. – A tão chamada providência nada mais é do que a lei de ação e reação. É a lei de atração, mais primordial. Você escapou de mim, Midra. Agora está aqui comigo de novo. Isso sim é que é providência. E não é *hilário*?

Ao pronunciar a última palavra, apoiou a mão quase que casualmente no colchão. A leve instabilidade fez com que Midra trincasse os dentes de dor.

— Mas eu não sou um homem rancoroso – começou Hector, lançando-lhe um olhar quase caloroso. – É verdade, não sou. Sei que todos cometem erros durante a juventude. Eu mesmo cometi uma boa quota dos meus. O que se passou entre nós, Midra, está no passado.

Midra o observou dar uma volta na enfermaria precária. *Não está armado.* Sentiu falta da segurança de sua arma contra seu corpo. *Como foi que não percebi isso antes?* Olhou a mesinha ao lado da cama. Ao invés da arma, havia um copo com água. Sentiu uma leve dificuldade de respirar.

— Pelo que soube, você trouxe uma recém-chegada. Uma garota. E depois pediu desesperadamente para falar com o Comando. Mas esse Comando não era eu, era? Você sempre quis ir direto aos grandes. Não, você quer Morana. E quer demais. Os enfermeiros dizem que você grita o nome da garota durante a noite.

Ele puxou uma cadeira e sentou ao lado da cama de Midra. Ela respirava fundo, precisava encontrar algum tipo de estabilidade. Seria um confronto difícil.

— Que história é essa, Midra? Isso está estranho, sabe. Principalmente porque sei que Morana está com um plano todo especial por aí – mais daquela risada rouca. – E não me contou. Nem me chamou. Mas chamaria você, obviamente. A pupila preferida. Vamos, me diga. Que história é essa?

Midra rangeu os dentes.

— Perguntei que história é essa.

A mão de Hector foi até seu tornozelo. Não houve contato, mas os olhos dele faiscaram.

— Não tem história nenhuma – disse, finalmente. – É só uma garota recém-chegada. Trabalho de rotina.

Hector coçou o nariz antes de dizer:

— Acho difícil acreditar nisso. A favorita de Morana, num trabalho de rotina, enquanto o Grande Plano – a voz dele se fez afetada e debochada – está em execução? Você acha que eu sou idiota?

Dessa vez Hector não tentou fazer com que o apoio no colchão parecesse acidental.

— É só uma garota! – gritou Midra em meio à raiva e à dor. – O nome dela é Anya. Ela é um fracasso. Iam sumir com ela da cidade. Você sabe como eles são!

— E por que a garota a perturba tanto?

— Porque estou definhando! Estou perdendo a perna!

Ao ouvir aquilo, até mesmo Hector ficou calado. Uma sombra de compaixão passou em seu olhar. Midra sabia por quê. No deserto, não havia lugar para deficiência. E o deserto era tudo que pessoas como ela e Hector tinham.

— Isso é verdade?

— Eu não sei – falou Midra com voz dura. – Não me atrevo a perguntar. Mas sinto muitas dores e minha cabeça está confusa.

Um silêncio incômodo se instalou entre os dois. É sempre mais fácil odiar os inimigos. Ser como gelo, impenetrável, ainda que transparente. Sentir alguma simpatia, por menor que seja, pode colocar tudo a perder. *O clima se inverte, e o jogo de repente deixa de ser jogado*. Era o que Morana sempre dizia.

— Você não entende. Morana também não – começou Hector, pondo-se a andar pela sala. – As bases estão morrendo. Não viu as pessoas daqui, não sabe o que acontece. Há poucas semanas, sequer tínhamos uma enfermaria. Dezenas morrem todos os meses por conta de doenças que poderiam ser facilmente curáveis. Mulheres morrem de parto. Crianças sucumbem aos ferimentos mais simples. Nem todas as energizações do mundo poderiam ajudar!

Ele fez mais uma pausa, e dessa vez parecia sincera.

— A base está podre! Por dentro e por fora. Não há mais ideais, ninguém acredita em mais nada. Ninguém confia em ninguém. Já tivemos casos de crimes. Brigas, assassinatos, violações... Precisamos mudar! Precisamos fazer alguma coisa!

Os olhos dele estavam injetados de desespero e Midra subitamente sentiu-se desconfortável.

— Se Morana tem um plano, devia ter confiado em todos. Todos que pudessem ajudar. Precisamos tirar as bases da lama, Midra! Ou vamos todos morrer!

Gelo. Midra não queria sentir o sofrimento dele. Não queria parar o jogo.

— Eu não sei de nada, Hector. E não cabe a mim questionar os planos de Morana. Se as bases estão caindo, isso não é problema meu. Não sou Comando de nenhuma delas.

Sua fala pareceu atingir Hector como uma bofetada. O rosto do outro ficou subitamente vermelho de cólera.

— Pensa que está acima do bem e do mal? Pensa que é melhor do que todos? Você não passa de um saco de lixo! Não tem sentimentos, não tem nada! É um saco vazio!

— Eu pensei que era um saco de lixo – proferiu, felina.

— Você vai nos levar à ruína!

Hector partiu para cima dela. Midra girou o corpo na cama

para evitar o golpe. Mas o Comando não desistiria tão facilmente. Agarrou-a pelos cabelos e deu-lhe uma sacudida. Midra usou todas as forças que tinha para agarrá-lo pela camisa e empurrá-lo para fora da cama.

Quando ele já estava fora de alcance, começou a cuspir e a gritar. Gritava de frustração. De dor. De raiva.

— Quem é a garota, hein, Midra? – falou Hector, mostrando os dentes. – Tem alguma coisa nela, não tem? Quem é essa menina? O que Morana quer com ela?

— Vai pro inferno, Hector! – berrou Midra.

— Sua ordinária! Tomara que realmente perca essa droga de perna! Mas não ache que vou desistir, vou procurar essa garota. Afinal, a base é minha.

Ele lhe deu as costas.

— Você é um mentiroso.

A voz de Midra saiu calma e serena dessa vez. Com fúria, o copo de vidro em sua mão atingiu em cheio a cabeça de Hector.

O Comando levou as mãos à nuca e sentiu o sangue.

— Enfermeiros! – chamou ele – Venham agora! Essa mulher perdeu toda a razão!

E Midra sentiu mãos treinadas segurarem-na com força contra a cama. Lutou o máximo que pode, mas as dores ficaram insuportáveis. Quando já não tinha mais forças, lançou um olhar a Lurna, que respondeu com um murmúrio de "Sinto muito, senhora".

O efeito da droga foi rápido.

Interlúdio

Parte 1: Fragmento do diário perdido de Ceres Argoriana

Nós somos as crianças que ninguém quis.

As crianças sem nome.

Alguém ainda vai cantar nossa canção?

Foi Sara quem me deu esse caderno velho. Ela é tão pequena, só uma criança de rostinho redondo, e está aqui. Mas ela entende o que passamos e sabe que não podemos falar sobre o que nos acontece. Por isso o caderno. Alguém tem que saber. Ela tem que saber.

Nos dizem que o senhor Argorio é um homem bom e que se preocupa conosco, mas é mentira. Se ele quisesse realmente que ficássemos bem, não nos trancaria no laboratório nem nas salas com paredes de espelho. Ele ouviria nossos gritos e nos tiraria de lá.

O senhor Argorio é um homem mau.

Se minha mãe lesse isso, me bateria com uma vara. Quando me mandou pra cá, ela disse: "Vá, Ceres, seja uma boa menina, faça o que o bom senhor Argorio mandar". Eu me lembro dela dando adeus na porta do túnel e de segurar a mão do senhor Argorio e ouvir que tudo ficaria bem, mas nunca ficou.

Ele sempre diz que somos muito talentosos, especiais, e que por isso temos que nos esforçar muito.

Nós, crianças, ficamos longe dos adultos. Nosso quarto tem vinte camas de aço escovado, mas à noite ninguém consegue dormir. As paredes são coloridas, mas ninguém quer brincar. Não sei quanto tempo faz que desde que minha mãe me deu aquele adeus. Talvez cinco anos. Talvez mais.

Eu posso ler mentes.

Não sabia que podia, mas o senhor Argorio me mostrou como fazer.

Ele me dava um soro, junto com algumas crianças. Depois espetava agulhas na gente. Algumas doíam mais, outras menos. Uma vez ele abriu minha cabeça. Eu estava acordada, não sentia dor, mas ouvia a serra cortando meu crânio. Três homens grandes me seguraram. "Não se mexa, queridinha, vai ficar tudo bem", mas eu só queria sair dali.

Odeio a cicatriz que não deixa algumas partes do meu cabelo crescerem. Odeio minhas mãos e pés cheios de agulhas. Odeio ser tão magra, tão pequena. Minhas irmãs eram tão grandes e bonitas...

Comemos no refeitório, todos juntos. Uma comida horrível, mas que o senhor Argorio diz ser boa e importante para nossos corpos. Depois fazemos exercícios físicos e de concentração. Então vamos para o laboratório. Soro, testes, agulhas.

A primeira mente que li me deu o número de uma carta de baralho.

Não tinha comido desde o café da manhã e estava com muito frio. Tinha passado o dia inteiro no laboratório, na sala dos espelhos, olhando para o Homem Grande, assistente do senhor Argorio, tentando saber que carta do baralho ele tinha pegado.

O senhor Argorio dizia que eu podia. Então eu cerrava os olhos, mas só ouvia chiado na mente. Um ruído. Até que então eu vi. Lá estava, escondido, o cinco de paus, como se estivesse o tempo todo esperando por mim.

O senhor Argorio ficou feliz.

E minha vida ficou pior.

Mais soro, mais testes, mais sala dos espelhos. Eu podia ler pensamentos inteiros? Descobri que podia depois de dias trancada no laboratório tomando soro, sem comer e podendo fazer apenas exercícios de meditação. Podia ler mentes. E isso se tornou insuportável.

Como desliga?

Não desliga.

Desde o cinco de paus sei o que cada um nesse prédio maldito guarda no coração.

É por isso que fico sozinha nesse quarto, é por isso que só Sara vem me visitar. Ela é criança, sua mente só traz ansiedade e medo.

Mas eu sei que somos todos crianças esquecidas.

Sei porque li a mente do senhor Argorio.

E ele vai me matar. Vai me transformar em outra coisa. "A mais incrível arma do mundo". É isso que ele acha de mim. Não tenho nome, sou apenas uma mente.

Por isso deixo esse caderno, para que a pequena Sara um dia entenda por que me encontraram pendurada atrás da porta.

Parte 2: 12 de maio do ano da mudança 20

Sentiu o golpe forte no rosto e pouco tempo depois já tinha gosto de sangue na boca. Mesmo com as luvas acolchoadas e com toda a proteção de peito e cabeça, o treinamento na base era extremamente doloroso.

— Vamos, moleque! – gritou o instrutor – Reaja!

Ilio odiava os treinos de luta. Odiava as corridas, o cheiro de suor constante, o gosto do sangue, os hematomas. A maioria dos garotos e garotas ostentava suas cicatrizes e luxações como se fossem algo glorioso, uma marca especial. Odiava-os também.

— Me acerta, vai! Me acerta se puder!

Mas o que mais odiava era ser obrigado a fazer aquilo. Às vezes achava que odiava seu instrutor, mas sabia que ele não tinha muita coisa a ver com isso. Era seu trabalho. Ele era um lutador, um sobrevivente. E dos bons. Na verdade, dos melhores. Hector, uma lenda viva.

Ilio admirava sua história. O modo como se pusera no mundo, em meio ao caos, ao caos de verdade, é importante dizer; como oferecera resistência ao poder esmagador de Metrópole. Diziam que ele era incorruptível. Mas Ilio sabia bem demais que todos os homens têm um preço. Qual seria o preço de Hector?

Instrutor em Água do Ninho. Como alguém como ele teria parado ali? No meio do nada? *E quando digo nada, quero dizer* nada, *literalmente...*

Era uma base esquecida, quase sem forças. Mas mesmo assim Hector insistia em treinar os jovens. Treinamento tão rígido – *e doloroso* – quanto em qualquer outra base.

Já passara pela privação de comida. Já correra à exaustão. Tinha ficado três dias sem dormir. Essas eram as provas mais difíceis, diziam. Mas Ilio discordava. O mais difícil era lutar.

— Você vai lutar ou não? – bradou Hector lançando cuspe no rosto do garoto.

De má vontade, Ilio brandiu um soco. Uma piada de soco, sabia desde o início. Não faria nem cócegas em um homem do tamanho de Hector. Como lição, recebera um murro na parte inferior do braço, onde tivera uma torção no dia anterior. *E Hector sabia disso.*

A dor o cegou durante alguns minutos. Mas por mais que não conseguisse enxergar com os olhos, ainda enxergava daquele outro jeito. O jeito que não podia.

Bloqueia, bloqueia.

Mas não conseguia bloquear, não com aquela intensidade de dor. Aprendera alguns truques durante os anos, como por exemplo pensar em alguma lembrança muito forte – *fosse boa ou ruim* – ou prestar atenção em algo sem importância como um pedaço de madeira, um cisco ou um pouco de lixo. O problema era que sabia que, com dor, quando estava doente ou dormindo, tudo ficava fora de controle.

Tinha medo de dormir. *Talvez por isso o teste de exaustão não tenha sido tão apavorante...* Tinha medo de se concentrar demais durante os exercícios de respiração. Uma vez tinha se deixado levar num desses e, quando dera por si, estava observando a si mesmo no ginásio do alto da arquibancada.

Qualquer tipo de exaltação liberava o indesejável também. Brigas, raiva, choro, euforia... Não era à toa que os garotos e garotas de sua idade não se aproximavam dele, achavam-no estranho. Não podia demonstrar emoções, do contrário... *Explodiria.*

Essa lógica era válida para a luta corpo a corpo. Ilio já havia percebido que liberar uma grande dose de adrenalina no corpo, tudo que o deixava excitado e motivado, em poucos minutos o levava a perder o controle.

Hector bateu de novo. De novo. E de novo.

— Anda, garoto! – a voz dele mostrava além de rispidez, confusão. – Ataque!

Ilio se sentiu zonzo e subitamente tomou consciência de que todo o ginásio tinha parado e agora o encarava. Tentou não olhar para os colegas ou para os outros instrutores. Não ajudaria em nada.

Foi surpreendido quando Hector continuou a bater. Ele parecia insano, espumando de raiva, e, a cada soco e pontapé, Ilio sentia que era mais difícil se controlar.

Vamos lá, vamos lá...

Já não sentia o rosto ou as mãos. É tanta dor que nem consigo mais sentir dor... Ninguém veio ajudá-lo. Nenhum colega, nenhum instrutor. Era comum que alguns alunos levassem umas surras de vez em quando, mas não se lembrava de um espancamento. *Ele deve me odiar.*

— Você tem que reagir! Reaja! Vai! Reaja, seu inútil!

As palavras de Hector ressoavam em seus ouvidos sem que ele

pudesse realmente tomar uma atitude. Sentia-se um tanto alheio. Era difícil focar. *Não pode acontecer agora...*

Foi preciso usar toda sua força para evitar que seus olhos se fechassem no mundo físico, para abrir em qualquer outro lugar onde eles se abriam. A princípio sentiu sua mente latejar em protesto, sentiu cada onda de energia de seu corpo pulsar e gritar para que fosse para o outro lugar, mas Ilio resistiu. Sua mente ficou dormente durante alguns segundos até que tudo ficou claro. Conseguia pensar. Conseguia ver apenas com dois olhos.

Deu um riso leve. Tinha conseguido.

— Tá rindo do quê, moleque?

Ilio percebeu que estava no chão. Tinha sangue escorrendo dos cantos de sua boca e sua testa latejava. Quando levou a mão até ela, sentiu o calor do sangue contra sua pele. A quentura do sangue vermelho. Olhou para os hematomas em seus braços. Suas pernas...

— Eu perguntei do que você está rindo.

É verdade, estava rindo. Tinha conseguido se controlar num momento extremamente difícil. Nunca tinha feito aquilo de forma tão consciente. Evitar rir era como evitar respirar.

— Seu moleque imbecil. Como é que fica rindo assim quando é um inútil? – Hector lhe deu um chute nas costas. – Quando na verdade é um grande – e chutou de novo – inútil? Você não tem controle algum? – e mais um chute. – Não tem nenhuma merda de controle?

— Para! – berrou Ilio. Achava que não conseguia mais respirar.

— Que é que você disse?

— Eu disse pra parar – repetiu Ilio cuspindo sangue.

— Você não está no controle aqui. – Hector se aproximou dele. – Está longe de estar no controle. Você não tem controle algum!

Mas o soco de Hector conseguiu apenas atingir o chão. Ilio se desviou do golpe e, antes que pudesse entender o que estava fazendo, partiu para cima do instrutor. Sua mente ficou absolutamente confusa. Só sentia que suas mãos acertavam o outro, mas não via nada, só borrões em tons de vermelho que invadiam sua mente.

Ouviu um apito surdo nos ouvidos, suava frio. Quando finalmente se perdeu em meio à sua outra visão, conseguiu discernir Hector de pé numa sala ampla. Havia uma mulher do outro lado da sala, toda vestida de preto. A mulher gritava com ele e o acusava de todo tipo de mentira. Hector só a olhava com ar de deboche. Lágrimas de raiva escorriam do rosto da mulher e Hector desdenhou dela.

Havia outras pessoas na sala, uma espécie de júri. Todos estavam vestindo roupas azuis num tom escuro e tinham um ar solene. Estavam acusando a mulher de alguma coisa. No centro da sala, uma mulher mais velha, de cabelos brancos, observava a cena com um olhar duro. Os outros se dividiam entre a diversão e o tédio.

Por um instante, Ilio se sentiu na pele da mulher e o sofrimento dela se tornou seu. E era um sofrimento imenso, de vários anos e várias vidas. Mas, tão logo se aproximou dela, a visão o jogou na pele de Hector. Dentro dele havia apenas um ranço amarelo, um sentimento sádico que escorria, escondendo as outras cores...

Quando deu por si, Ilio estava em cima de Hector, que sorria para ele.

— Agora sim.

O nariz do instrutor estava quebrado. Ele parecia estranhamente feliz com isso.

— Não, agora não – falou Ilio assim que se levantou. – Eu não quero mais isso. Não quero mais ficar perto de você! Você é podre!

O sorriso se desmanchou no rosto sangrento de Hector. De repente, o ginásio pareceu ter o dobro de pessoas que tinha antes.

— Não quero mais isso. – As palavras de Ilio saíam com sangue. – Não vou mais. E não venha atrás de mim. Eu sei o que você é capaz de fazer.

E foi só quando bateu a porta do ginásio que Ilio percebeu que o que tinha visto não era uma memória do Hector de agora, mas algo do Hector que viria a ser.

Capítulo Treze

A ampliação da mente só é possível com um entendimento completo e pleno do cérebro humano. É preciso que nos livremos de antigos pensamentos e amarras sociais retrógradas para nos dedicarmos ao estudo sistemático do sistema nervoso central e, consequentemente, dos meandros da mente. A experimentação com diversas mentes é, portanto, necessária ao progresso científico. A utilização de cobaias não é condenável quando voluntária e corajosa. Resta à nossa sociedade escolher entre permanecer com exercícios simples de concentração que, embora melhorem nossa qualidade de vida, não aumentem nossa capacidade mental, ou apoiar a pesquisa científica que abra as portas do verdadeiro potencial humano. Manipulação energética, controle mental, controle dos elementos. Não se trata de especulação científica, mas sim de progresso.

O que sentiu inicialmente foi uma queimação dentro do corpo, como se pudesse entrar em combustão a qualquer momento. Depois uma leve dormência, seguida por um ardor nos olhos. Raiva, impotência, rancor.

Andrella seguiu as outras mulheres para o almoço no refeitório maquinalmente. Não conseguia pensar. Toda a clareza de sua mente tinha evaporado. Era o livro, escondido entre suas cobertas, quase como mais uma presença no quarto.

Agora se sentia estranhamente calma, mas não a calma controlada dos Metropolitanos e sim a calma resignada presente nos gestos das pessoas que moravam naquela base.

Sofrimento. So-

E subitamente não conseguia pensar em nada mais.

Viu Sara e Ilio num saguão próximo e se esquivou. Não queria falar com ninguém.

Sem se dar conta, voltou ao quarto, e de repente todas aquelas mulheres não mais a incomodavam. Teria aquela senhora com apenas uma orelha se deitado numa maca fria de cirurgia e se submetido a algum experimento para ampliação do controle da mente? Teria aquela mulher de longos cabelos castanhos sido forçada a realizar exercícios de concentração por noites sem dormir? Teriam todas elas chorado por terem uma filha ou quem sabe uma neta usada num experimento de tio Argorio?

Tirou *Tratado do Controle da Mente e Manipulações Físicas* das cobertas. Talvez devesse continuar a ler. Quem sabe não teria um capítulo sobre como manter suas enteadas sob controle num experimento ilegal? Mas não conseguia. Sentia nojo daquilo.

Sentia.

Talvez nunca tivesse sentido nada em toda sua vida até aquele momento.

— Leitura interessante?

Era um homem enorme, foi a primeira coisa que Andrella pensou ao se virar para ver quem adentrara a porta. E sua voz grave, com aquela risada rouca, combinava perfeitamente com seu porte físico. Tudo nele exalava dureza, e a garota achou que provavelmente era difícil para ele caminhar com tanta tensão no pescoço. As veias pareciam pular para fora.

— Pensei que iria gostar.

As outras duas mulheres no quarto o encararam, indecisas, mas saíram quando o homem prolongou o olhar.

— Olá, Anya. Eu sou Hector, o Comando da base Água do Ninho. Gostaria de lhe desejar as boas-vindas ao nosso humilde lar. – Ele estendeu a mão direita para Andrella, que não soube o que fazer. – Você só precisa pegar na minha mão com a sua.

Andrella fez o que homem pediu. Não queria nem pensar no que poderia acontecer caso não o fizesse.

— Está vendo, é um cumprimento tradicional. Agora balançamos um pouco. Viu? É muito simples.

Algumas horas antes a garota poderia ter se sentido tola com aquele gesto. Que sentido havia naquilo? Tocar as mãos de um estranho? Mas não agora. Apenas o encarou:

— Confesso que estou um pouco decepcionado – prosseguiu Hector, avaliando o quarto como se nunca tivesse visto um. – A garota misteriosa que Midra trouxe, escondida na minha base, é apenas uma garota – ele fez uma pausa e apanhou o livro de cima da cama. – *Tratado do Controle da Mente e Manipulações Físicas*. Fascinante, não é mesmo? O ser humano em seu melhor! Poderes extrassensoriais, tudo que o cérebro pode fazer e muito mais. Uma ideia bastante sensata, não acha? Numa sociedade que valoriza a mente acima de tudo?

Andrella não disse nada. Achava que nunca mais o faria.

— Metrópole é uma ideia tão brilhante. O mundo para os melhores – prosseguiu Hector, folheando as páginas do livro de uma maneira controladamente descompromissada. – Mas o problema de um mundo desses é o que fazer com os que não são os melhores, não é mesmo? E aí temos toda essa questão com proscritos e tudo mais. Mas então vieram as ideias do velho Argorio Marfin: todos podem ser os melhores. Só precisamos abrir as portas da mente!

Ele riu, mas não de verdade.

— Até mesmo os sabichões de Metrópole acharam que valia a pena tentar. Mas existe um preço a pagar por essas coisas. Um preço bastante alto – Hector se aproximou de Andrella, encarando-a ainda com um sorriso. – Crianças em laboratórios. Gritos. Torturas. Mortes. Nem toda a lógica do mundo pode apagar isso. Talvez exista uma alma, não acha? Que nos faz abominar certas coisas. Então Metrópole jogou fora as teorias do velho Argorio sobre ampliação da mente, mas um homem desses dificilmente deixa para trás seus interesses, não é? Existem teorias de que ele se juntou aos proscritos. Laboratórios fora da cidade, promessas de libertação. Coisas bonitas para hinos, mas feias demais para serem divulgadas.

— Por que você está me falando isso? – perguntou Andrella. Pensava em Midra e suas instruções para não revelar sua identidade. Sua voz saíra firme.

— Porque você é da cidade e deve ter ouvido falar dos Argorianos. Tudo que vai, volta. Argorio devia saber. Talvez tenha conseguido abrigo em Metrópole durante um tempo, era um homem influente, mas ele sabia que não era para sempre. Um dia eles iriam buscá-lo. Levar seu criador para casa. Mas sabe como são os cachorros maltratados – ele fez uma pausa calculdada. – Eles mordem.

Hector encarou a garota longamente.

— É tudo uma bela teoria. Um pouco deselegante, mas ainda assim, válida – falou Andrella sem pensar.

— Você é mesmo única! – gritou Hector rindo escandalosamente. – Imagine, uma Metropolitana que sabe usar ironia de forma tão ferina. Não é à toa que Midra quer tanto você.

— Eu sou um fracasso de Metrópole, eu...

— Me poupe da sua história ensaiada, Anya, se é que esse é seu verdadeiro nome. – Não havia mais riso em sua voz. Apenas algo seco, áspero. – Prefiro que escute a minha. Sabe qual é minha verdadeira teoria? Um conselho secreto é convocado e manda Midra salvar uma Metropolitana. Por quê? Porque existe uma suspeita de que Argorio está sendo levado à justiça depois de tudo que fez. Quem está atrás disso tudo? Demra. Você é boa de anagramas, imagino. Pois Demra e sua Agência de Segurança Privada querem Argorio.

"Sabe, Anya, existe uma mulher chamada Morana e ela se julga nossa comandante. Recentemente ela reuniu alguns de seus preferidos nesse tal conselho secreto e deu a eles uma missão bastante misteriosa. Eu não fui convidado, veja só a falta de cortesia. Mas tenho minhas fontes e descobri que Morana sabe que o maluco do Demra só iria atrás de Argorio se tivesse finalmente provas de que o cientista louco não abandonou seus planos sórdidos. Mas Morana quer saber que planos são esses. Ela quer colocar as mãos no que Argorio estava tramando. E de repente Midra volta com uma Metropolitana bizarra...

— Eu não sou bizarra. Eu fui resgatada.

— Fiquei às voltas tentando entender quem era você. Por que Midra a trouxe pessoalmente... Seria você alguma pista do segredo que Morana quer descobrir, a jovem que Midra tanto chama? Talvez você soubesse algum segredo ou conexão com algum projeto sórdido do Argorio. Mas agora está tudo claro como água.

— Está? -- perguntou Andrella, de um jeito que julgou ser firme.

— Teria dado tudo certo se você não fosse a cara *dela*. Demra ficaria louco se visse você.

Andrella sentiu as pontas dos dedos gelarem.

— Conversaremos mais amanhã, Anya. Quero saber tudo sobre você. E quero que pense direitinho no que vai me contar.

Com essas palavras, o Comando da Base de Ninho da Água deixou o quarto.

Andrella saiu correndo, respiração completamente descontrolada, suor frio escorrendo por sua testa. Tinha que encontrar Midra. Só ela poderia tirá-la dali!

O número... O número... Qual era o número do telefone? Era boa com números, podia lembrar. O homem parado em frente à sua casa. Que lhe dera o número da Agência do Segurança Privada. A agência que era de Demra.

Demra.

Armed.

Seu pai.

Nunca tinha pensado nele. Nunca fora lógico.

Parou num corredor, bufando, e se encostou na parede suja. Sua mente precisava voltar a funcionar. O número. Um telefone. Midra. Era o que precisava. Tinha que sair dali. Não sabia explicar por quê, mas Hector era perigoso. Ele sabia quem ela era.

Será que ele sabe da minha irmã?

Irmã. A palavra pareceu flutuar no ar.

Vomitou num canto, para protesto de algumas pessoas que passavam. Mas o que importava? Ela era um experimento. *Elas* eram um experimento. Como as cobaias do laboratório do controle da mente. Que finalidade estranha teria? Que tipo de jogo mental tio Argorio teria para fazer uma coisa dessas? Que tipo de poder poderia estar preso dentro de sua cabeça tendo ficado tantos anos sob a tutela de Argorio e suas pílulas, rimas e jogos imbecis?

O tempo todo pensando que Metrópole sumira com seu tio... A coordenadora Osmorne, o diretor Strauss, teriam eles sabido que Argorio vivia sob constante ameaça? Teriam tentado proteger Andrella? Teriam ao menos se importado?

E sua irmã deitada naquela maca fria sob a luz sinistra do laboratório? O que seria dela?

Pela primeira vez em toda sua vida, gritou. Um grito visceral que encheu os corredores das bases e os corações daqueles que eram igualmente condenados.

Ilio costumava sair tarde do ginásio. Gostava de observar os últimos atletas da noite. Crianças, velhos, aleijados. Aqueles que treinavam longe dos olhares punitivos do Comando e seus aliados. Acalmava sua mente. A *outra* mente também.

Foi perto da entrada dos alojamentos que viu alguém chorando no chão. Demorou alguns segundos para reconhecer Anya. Por um momento ficou em dúvida se deveria ir até lá, não era raro Metropolitanos resgatados terem um ataque de nervos depois de um tempo na rotina da base, mas algo lhe dizia para ir. Sua outra mente também dizia, e tinha aprendido com os anos a confiar nela.

— Anya... – foi o que murmurou ao se abaixar para encará-la.

Ela lhe lançou um olhar cheio de dor e tristeza. Ilio tentou sorrir, como sempre fazia, mas não conseguiu. Ela era tão bonita. As lágrimas a faziam parecer real.

Três noites antes de ela chegar, tivera um sonho estranho com corredores esverdeados e murmúrios. No sonho ele segurava as mãos de uma garota e dizia: "Eu nunca vou te deixar". A garota era Anya. E ela o encarava de volta com coragem e força nos olhos.

Ele a reconheceu assim que a viu andando pela base, mesmo que estivesse assustada, com medo, tão diferente da garota que corria com ele pelos corredores do sonho. Sua outra mente lhe dizia que correria com ela para sempre se fosse preciso.

Tornei a achar-te quando te encontrei.

Era um verso escrito na parede de seu alojamento. Escrito por algum garoto anos antes, mas agora Ilio sentia como se tivesse ele mesmo gravado as palavras com a faca.

— Quem é Demra? – perguntou Anya de supetão. Ela tinha parado de chorar. Ele não percebera que a abraçava.

— Demra? Quem foi que te falou em Demra?

— Eu só sei – Anya falou, fria. – Só me diga quem ele é.

— Demra... – disse Ilio, soltando-se do abraço, fazendo um esforço para parecer natural. – Ele era o melhor de nós, mas hoje não consegue diferenciar uma colher de uma tentativa de assassinato.

— Onde ele está?

— O quê? Por que você quer saber onde Demra está? Ele não faz parte do nosso grupo. Ele deixou as bases faz muito tempo...

— Preciso de um telefone! – falou a garota, levando-se do chão.

— Um telefone? – perguntou Ilio, confuso.

— Você vai me ajudar ou não? – Anya o encarou, e seu olhar era desesperado.

— Não tem telefone na base. Só na superfície.

— Então temos que ir pra lá. Temos que pegar Midra e ir pra lá. Ela vai entender... ela vai...

— Calma, calma – falou Ilio, confuso. – Ei, é normal ver pessoas como Midra como salvadores e tudo mais, mas agora você...

— Ela me tirou de lá! Ela me disse que eu ia viver. Ela me disse para não dizer a verdade, ela sabe quem é tio Argorio, ela sabe quem eu sou! Ela sabe que Hector quer me matar. Eu sei que ela sabe. É uma droga de dedução lógica!

Anya começou a chorar, mas não o choro desesperado de outrora, e sim um choro de raiva. Ilio teve certeza de que ela nunca tinha chorado antes na vida. A energia dela pela primeira vez se tornou intensa e brilhante, e seus olhos, os outros olhos, quase cegaram com tanta luz.

— Por que Hector ia querer te matar?

— Porque ele sabe quem eu sou. E vai querer descobrir mais e Midra me disse para...

— Ela te disse para mentir...

— E eu não sei onde ela está...

— Mas Anya, você tem que ver que isso não faz o menor...

Mas Ilio se calou quando um barulho metálico ensurdecedor tomou conta do corredor. Logo após, uma voz igualmente metálica encheu o local nos alto-falantes que não eram utilizados havia anos.

— A base Ninho da Água decreta estado de emergência. Repito, a base Ninho da Água decreta estado de emergência. Não haverá mais entrada ou saída de pessoas ou mercadorias. Repito. Não haverá mais entrada ou saída de pessoas ou mercadorias por ordem do Comando.

O garoto sentiu o sangue gelar nas veias. Não conseguia se lembrar da última vez que a base fora completamente selada. Talvez nunca tivesse sido desde que se mudara para lá.

— O que está acontecendo aqui? – perguntou Ilio, encarando Anya como se nunca a tivesse visto. – Quem é você?

— Preciso encontrar Midra e preciso de um telefone. Por favor.

Ilio estreitou os olhos, encarando-a a distância.

— Me dê a sua mão.

— O quê? -- perguntou Anya, surpresa.

— Me dê sua mão – ele repetiu. – Vou ajudar você, mas preciso que me dê sua mão.

A garota estendeu a mão suja. Ilio fechou os olhos sabendo que se arrependeria daquilo, mas precisava saber.

Assim que tocou a pele dela sentiu um choque elétrico passando por seu corpo. Viu imagens difusas. Um corpo numa maca, um homem de barba sorrindo, uma garota correndo numa rua pavimentada, Anya sorrindo para ele, o corredor esverdeado, o que havia no final dele...

Quando a encarou de volta, limpou o sangue que escorria de seu nariz.

Era agora.

Se dissesse sim, iria para o corredor esverdeado. Desencadearia tudo. Se dissesse sim, abriria as portas de uma nova cadeia de eventos. E no final, atrás da última porta, do último corredor escuro, estaria sua morte. Em sangue e osso.

— Sim – falou Ilio, sorrindo. – Eu vou te ajudar.

Não estava mais na enfermaria, isso era certeza. Quando Midra abriu os olhos por completo, viu que estava em um quarto pequeno com pouca iluminação. Não havia móveis no aposento a não ser sua cama, toda de metal. Nenhuma mesinha com um copo d'água, tampouco. Deu uma risada torta ao constatar o fato.

Ainda sentia dores, mas o pior era mesmo a cabeça. Estava sendo drogada, isso era certeza. Não fazia sentido que dormisse tanto e que se sentisse tão mal o tempo todo.

Conseguiu se sentar com dificuldade e analisou o local em volta. Não passava de um quarto de dormir minúsculo. Provavelmente dedicado a um intendente, enfermeira ou qualquer posição na base que pudesse conferir a regalia de um quarto individual. Era isso ou uma cela. *Típico de Hector.*

Atirou a manta suja que a cobria longe. Tomou coragem, respirou fundo e olhou para a perna. Jogou a cabeça para trás de frustração e soltou um grito de raiva.

A perna. Sua perna. Estava mesmo morrendo.

Manchas arroxeadas e negras subiam por sua pele até a altura do joelho. Havia sangue coagulado por toda parte. Já tinham que ter tomado medidas drásticas há algum tempo. Era o único jeito, antes que a necrose se espalhasse pela coxa, quadril, até finalmente ganhar o resto de seu corpo. Por que ainda não tinham feito o procedimento de amputação? Por que correr o risco?

Talvez Hector quisesse mesmo que ela morresse. Lentamente. Isso explicava o quartinho.

Se pudesse chorar, o teria feito.

Ao invés disso socou a cama, ignorando toda a dor, e gritou mais uma vez. Gritou até sentir a mente mais ativa e menos nebulosa.

Parou de gritar quando o enfermeiro odioso – *Samuel, esse é seu nome* – adentrou o quarto.

— O que está fazendo? – A voz dele perdera toda a formalidade.

— Minha perna está necrosada – falou Midra, ferina. – Quero saber por que a amputação ainda não foi feita. Onde está Yaltana?

— A senhora Yaltana foi requisitada em outro local – respondeu o enfermeiro mecanicamente, enquanto pegava o cobertor do chão e cobria a perna de Midra. Mas já era tarde, o cheiro de carne apodrecendo havia tomado todo o quarto.

— Eu exijo tratamento! – bradou, lutando contra a letargia das drogas.

— A senhora está sendo tratada.

— Eu não quero morrer! – e agarrou o braço do outro com força.

— Você não vai morrer – rebateu Samuel, arrancando a mão dela, com inegável medo nos olhos.

— Quero a garota. Quero a garota agora.

— Isso é impossível.

— Por quê? O que Hector quer?

— O Comando deu ordens expressas para que a senhora...

— Para o inferno as ordens expressas de Hector! – gritou Midra, cuspindo. – Eu exijo tratamento, essa ainda é uma base da força de Morana! Sou uma patrulheira treinada, ex-soldado, membro honorário da equipe de resgate e ainda sou...

Mas não pôde dizer que era também membro residente do Conselho da base central de Pedra do Oeste, pois a droga injetada em seu antebraço fez efeito quase instantâneo.

— Ela não está na enfermaria – informou Sara. – E, quando perguntei o que tinha acontecido, me disseram que ela foi embora.

Ilio tinha trazido mingau de pedra numa caneca. Estavam num corredor da ala oeste onde Andrella nunca tinha ido antes. Havia um monte de crianças por lá. Crianças sujas, feias, doentes.

— Onde você acha que ela foi? – perguntou Ilio.

— Tá brincando? O tornozelo dela foi esmagado e ela corria sérios riscos de sofrer de uma necrose. Se ela foi pra algum lugar, foi pro necrotério lá embaixo.

Andrella tremeu ao ouvir a palavra. Havia necrotérios em Metrópole, obviamente, mas nunca tinha conhecido alguém que soubesse onde ficava um deles. Ou sequer alguém que falasse sobre eles.

— Onde está Yaltana? – indagou Ilio, e sua voz mais uma vez soava grave.

— A bruxa velha sumiu – e, pela primeira vez, Sara demonstrou algum tipo de seriedade. – Isso é estranho. Ela nunca arreda o pé daquela enfermaria. Sem contar que não mandou me chamar pro treinamento e o Comando mandou Lurna ficar a postos junto com Samuel. Me dispensou.

— Então quer dizer que Midra está sem energizações, não é mesmo?

— É, pelo menos as que são feitas seriamente. Lurna só sabe coisas muito básicas. – O rosto de Sara se contraiu, como se tivesse um cheiro ruim embaixo do nariz. – Fiquei aliviada só de pensar que não teria que chegar perto da moribunda, mas agora, pensando assim, isso tudo é bem estranho. Não é do feitio da bruxa velha ir embora com algum doente sério por perto.

— Você não consegue saber onde ela está?

— Não – disse Sara, levando a mão à testa e fechando os olhos, como que se preparando para um exercício de concentração especialmente difícil. – Tem alguma coisa aqui nessa base que interfere e não me deixa ver.

— Então temos que pensar em alguma coisa.

Andrella não conseguia acompanhar a conversa dos dois. Não tinha parâmetros básicos para entender o raciocínio deles. Mas não se importava. Só conseguia ter apreensão. Ilio prometera ajudá-la e tinha dito que ela podia confiar em Sara. Não via sentido em nada daquilo, mas achava que seu mundo já tinha mudado o bastante.

Ligaria para Demra. Para a Agência de Segurança Privada, onde Argorio estava. Tinham dado o número para ela. Era um refúgio seguro. Tinha que ser. Analisara tudo, várias vezes.

Mas precisava de Midra, só ela conseguiria tirá-los dali e levá-la a um telefone na superfície.

Sentiu um arrepio no corpo, algo parecido com aquela manhã, quando Midra aparecera em Metrópole e apontara a arma em sua direção.

Relembrava o toque frio do metal contra sua pele quando ouviu uma criança ao lado, um menino de sete ou oito anos cheio de pústulas na pele, dizendo:

— Eu acho que é aquela moça ali, que está com o Ilio.

Era um homem vestido de preto. No cinturão, carregava uma arma parecida com a de Midra.

— Quem é você, garota? – os olhos de Sara tinham perdido toda a expressão leviana.

— Vamos dar o fora daqui – falou Ilio, deixando a caneca de mingau no canto e abrindo uma porta lateral. – Eles estão nos vigiando.

Andaram alguns minutos, com Ilio e Sara olhando por cima dos ombros a todo momento.

— Se Hector está atrás de você, isso não vai cheirar nada bem. Ele é um homem perigoso. Você, mais do que ninguém, deveria saber disso, Ilio.

— Silêncio, Sara. Vamos embora. Você prometeu ajudar.

Andrella observou os dois se encararem. Os olhares se cruzavam e a impressão que teve foi que eles trocaram um longo diálogo sem dizer uma única palavra.

— Anya, você não pode falar com Hector. – A voz de Ilio estava calma, mas Andrella podia notar que estava mais aguda que o normal agora.

— O que vamos fazer?

Quando fez a pergunta, Andrella sentiu como se tivesse esperado a vida inteira por ela.

— Você tem que ir até Midra, nós vamos encontrá-la. Ela saberá o que fazer e para onde ir.

— Midra não irá a lugar algum com aquele ferimento – travou Sara. – E sem Yaltana por aqui, só há um jeito.

Ilio lançou a Sara um olhar de condenação.

— É, eu sei. Vou ter que entrar no lugar da Lurna. Vai ser horrível e errado, mas não temos outra escolha. Mas, antes disso, preciso que me ajude.

Midra sonhou com seu julgamento de anos atrás. Estava na mesma sala, com os mesmos jurados, o mesmo conselho e o mesmo acusador. Os olhos de Hector brilhavam, fanáticos, vingativos, exatamente como daquela vez. No entanto, sentia-se diferente. Não havia mais aquele sofrimento e revolta em seu coração. Ao invés disso, havia a serenidade que não sentia desde a infância.

Observou o outro proferir suas argumentações infundadas e suas condenações falsas enquanto passava os olhos pelo aposento. Na cadeira no centro do conselho estava Morana, que exibia o mesmo olhar triste de antes.

Queria que Morana entendesse que não servia para ser líder. Nascera para o deserto.

Andou pelo aposento, mas seu corpo ficou para trás, na cadeira. Observou o rosto de cada jurado, passou perto de todos da plateia, sentiu o cheiro dos sentimentos contraditórios que enchiam o lugar. Olhou para si mesma. Cheirava a indignação, raiva, ódio. Não era um cheiro bom.

Sentia-se leve, tão alheia e distante da memória daquele dia. Tão longe e tão perto da própria condenação...

— Está gostando?

Levou um susto. Ali, a poucos passos dela, estava um garoto que não devia ter mais que dezesseis anos. Tinha o jeito franzino daqueles que cresceram numa base, e seus olhos eram estranhamente acinzentados. Olhos de Argoriano.

— Você fez isso? – lançou outra pergunta ao invés de responder.

— Sim e não – respondeu o garoto. O rosto dele não parecia nem triste, nem feliz. – Isso é uma memória sua, é o que aconteceu com você. Eu só a trouxe de volta.

— Como pode ser? Você não estava aqui, quer dizer, *lá*, naquele dia. – Os olhos de Midra transpareciam o sofrimento de anos atrás.

— Não estava, mas essa visão estava em mim havia muito tempo. Eu a vi antes de acontecer e durante um tempo esperei que pudesse ajudar a mulher daquela cadeira, mas ela nunca veio até mim. Nunca entendi por que tive acesso a um futuro que não entendia, que não podia mudar. Eu sabia que precisava ajudar a mulher, mas não pude. Isso – ele fez um sinal para o salão – é uma memória agora, não mais uma visão. Mas agora eu entendo.

— Se é uma memória daquele dia, por que é que me sinto tão calma?

— É só um presente que eu quis dar – o garoto sorriu. – Quando tive a visão, senti o que você sentiu ali. – E lançou um olhar triste a Midra, que ainda se encontrava na cadeira. – Era escuro demais.

— Por que está fazendo isso? Como isso pode acontecer?

— Isso foi para mostrar que você pode confiar em mim. A serenidade é como a música de Groco sob as estrelas.

— Como é que você sabe disso? – perguntou Midra, espantada.

— Sei porque compartilhei as memórias de alguém que o conheceu também, mas isso não importa agora. Eu só preciso que quando acordar se lembre que deve confiar na enfermeira Lurna.

— Por quê? Eles estão tentando me matar. Hector está tentando me matar. Ele nunca vai parar até que eu esteja morta. – O pensamento parecia vago em sua mente. Como poderia estar morrendo se estava bem ali agora mesmo? *Mas estou também na cadeira da acusação...*

— Eu sei, mas precisa confiar em Lurna. E somente em Lurna. Ela vai ajudá-la. *Confie em Lurna.*

— Mas o quê...?

— Apenas confie em Lurna. Está me entendendo?

Está me entendendo?

Está me entendendo, Mid?

O sorriso do garoto se derreteu no sorriso de Groco e, por um instante, Midra sentiu que uma lágrima escorria em seu rosto, mas quando tocou os olhos percebeu que era só uma ilusão.

— Está tudo bem – falou o garoto. – Só estou cumprindo meu papel, minha missão de ajudar você. E *ela*.

Antes que pudesse dizer qualquer coisa, Midra acordou na cela. Estava suando frio, mas, quando Lurna entrou no aposento e arrancou a manta suja, apalpando sua perna machucada enquanto dizia palavras numa língua estranha, Midra ficou quieta. Era o sonho. Nunca confiara em nada que não fosse palpável, mas aquele sentimento, aquele sorriso, aquela lágrima falsa... Aquilo valera tudo.

Estou entendendo sim.

Capítulo Catorze

Quando Andrella entrou no pequeno quarto, o cheiro fez com que sentisse uma leve tontura. Era de algo doce e pesado, rançoso e um tanto ocre. Algo humano.

Ilio a instruíra a deixar seu quarto. Não era difícil atender ao pedido, estava ansiosa por abandonar aquele lugar. Sentiu-se um tanto nua ao perceber que não tinha mais a bolsa de pano, que tudo que lhe restara fora a roupa do corpo – *e as cicatrizes na cabeça* –, mas ficou feliz em deixar o quarto. E o livro. Já tinha folheado todas as páginas. Fora o bastante.

A tarde se arrastou lenta enquanto Andrella seguia Sara e Ilio por corredores da base. Entendeu a estratégia com facilidade: manter-se em movimento, misturar-se às alas mais povoadas, para que dessa maneira Hector não a encontrasse. A garota sentia que um próximo encontro não envolveria tanta conversa quanto o anterior.

A base à noite era assustadora. Grupos de mulheres e homens portando armas andavam de um lado para o outro e, ao longe, Andrella podia jurar que ouvia gritos. Os corredores, iluminados pelas mesmas luzes elétricas acesas durante o dia, eram sombrios à noite. Ainda não tinha se dado conta do quanto ansiava pela luz do sol.

Quando Ilio anunciou que Sara havia encontrado a mulher, Andrella não o questionou, mesmo que a mão dele estivesse segurando a sua. Queria ir embora. Não queria fazer perguntas.

Midra estava sentada na cama, ensopada de suor. Estava absurdamente suja e Andrella não conseguiu entender como alguém ainda não a tinha levado para um banho. A enfermeira apertava compressas em sua perna enquanto entoava uma música. Era fora de tom, baixa, mas forte o suficiente para causar arrepios. Andrella se perguntou se todas as músicas daquelas pessoas provocavam sentimentos.

— Você! – falou Midra, arregalando os olhos quando Ilio adentrou o quarto logo atrás de Andrella. – Como é que...?

— Agora não – fez ele, dando as costas. – Tenho que vigiar a porta. Tenho aval para andar por aqui à noite, mas o outro enfermeiro pode chegar a qualquer momento.

— Garota – exclamou Midra, enquanto trincava os dentes. As bandagens pareciam apertar muito mais do que deveria ser saudável.

Andrella não soube o que dizer. Na verdade, não sabia ao certo o que fazia ali. Estava assustada.

— Hector já foi atrás de você, não foi? – e Andrella confirmou com a cabeça. – Ele não perde uma. Sabe somar dois mais dois, aquele canalha. E imagino que você também. Ele sabe que foi Morana quem pediu para pegá-la. Temos que sair daqui.

Andrella novamente fez que sim com a cabeça.

— Escuta, garota. – A voz de Midra saiu fraca, mas ainda carregava sua antiga rispidez. – Hector não descansa. Não se engane, ele vai vir atrás de nós. E se ele conseguir chegar até você, não vai pensar duas vezes antes de matá-la, mas não antes de tirar cada gota de informação que você carrega. E acredite quando digo que ele sabe fazer isso como ninguém.

O silêncio que se instalou na sala só foi interrompido pela estranha canção entoada pela enfermeira.

— Você quer viver? – perguntou Midra com um olhar frio.

— Quero – respondeu Andrella com firmeza.

— Então sabe o que tem que fazer.

Andrella sentiu que a mulher a atravessara com o olhar.

— Vai demorar muito com isso?

A enfermeira sequer levantou os olhos para responder à pergunta de Midra.

Foi quando Andrella prestou atenção no que ela estava fazendo. As mãos da enfermeira esfregavam as feridas de Midra. O que a garota inicialmente achou ser uma péssima ideia acabou se mostrando algo pior ainda. A pele de Midra estava sendo arrancada pela enfermeira e as feridas enegrecidas tornavam-se cada vez mais expostas, o que Andrella supôs ser a causa do terrível mau cheiro.

— O que você está fazendo? – A voz de Andrella saiu esganiçada; quando ela deu por si, já estava segurando a enfermeira pelos ombros. Assustada, soltou as mãos de chofre e prendeu a respiração. Que diabos estava fazendo?

— Eu odeio isso tanto quanto você, garota – falou Midra. – Mas essa é uma exceção.

Andrella fez uma expressão de repulsa, mas não conseguiu desviar o olhar. E sentiu-se presa à cena enquanto a pele de Midra era simplesmente arrancada para logo depois se recompor ao mesmo tempo que as nuances negras começavam a desaparecer. Era uma pintura nojenta.

A música ajudava a embalar a ação que era pontuada pelo trincar dos dentes de Midra e pela respiração descompassada de Andrella. Os pedaços de pele se esvaíam, a pele rosada aparecia, as manchas negras e arroxeadas se tornavam amarelas para depois desvanecerem numa profusão de som, cor e cheiro.

— Ele vem aí!

A voz de Ilio a trouxe de volta à realidade.

— O que está acontecendo aqui? – perguntou um rapaz com roupas de enfermeiro. – O que é isso?

Andrella viu Ilio tentar em vão barrar o homem, mas seu braço foi rechaçado pelo porte físico superior do outro.

— O que é isso? Lurna? O que você está fazendo? Isso não é permitido!

A enfermeira parou o canto e olhou para o colega. Piscou três vezes, confusa, apenas para voltar à música e à atividade escatológica segundos depois.

— E você? O que você está fazendo aqui? – o enfermeiro apontou para Andrella. – É você a garota, não é? Você é a garota!

Assim que ele fez menção de sair da sala, Ilio fechou a porta num baque.

— Você é mesmo muito atrevido, moleque – esbravejou o enfermeiro, puxando a maçaneta da porta.

— Você não pode sair – a voz de Ilio soou firme.

— O quê? – o enfermeiro pareceu subitamente achar a cena toda engraçada.

— Eu disse que não pode sair. Não pode contar a Hector o que viu aqui.

— Não posso? Eu vou mostrar o que não posso.

Mas nunca chegou a fazê-lo.

Andrella viu tudo num borrão.

Viu Ilio se jogar em cima do enfermeiro e embolar-se com ele no chão em meio a socos e pontapés. Viu o garoto ser atirado com força contra a parede e ouviu Midra gritar instruções enquanto a estranha canção da enfermeira enchia o aposento.

— Anya, me ajuda!

Pela primeira vez, Andrella pareceu focar na cena. O enfermeiro tinha dominado Ilio e o prendia no chão enquanto o enchia de socos. *Por que ele não está reagindo? Por que ele não está fazendo nada?*

Midra começou a se agitar na cama e gritar por ajuda, mas Andrella simplesmente não sabia como ajudar. Não tinha nenhum tipo de parâmetro para lidar com um caso de agressão física. *Isso é uma coisa criminosa...*

Foi então que Ilio parou de gritar por ela e passou a emitir sons estranhos pela garganta. Assustada, Andrella percebeu que ele estava sufocando. O enfermeiro segurava seu pescoço com as duas mãos, exibindo um brilho fanático nos olhos. A cena a deixava nauseada. De repente, o cheiro doce e podre do quarto pareceu ficar ainda mais forte.

Andrella olhou em volta. Havia uma manta suja enrolada num canto no chão, fora isso, nada. No quarto inteiro só havia a cama de metal em que Midra estava deitada. A cama era pintada de branco, mas havia lascas. Era de um tipo não muito diferente das camas tipo padrão em Metrópole e só tinha uma espécie de barra encaixada ao lado, que ela julgou ser para evitar que os doentes caíssem no chão.

Olhou a barra atentamente. Era isso. *As possibilidades estão sempre disponíveis para o uso de uma mente Metropolitana devidamente flexível.* Não conseguiu evitar o pensamento.

Tentando esquecer os ganidos de Ilio, foi até a barra e analisou seu mecanismo de encaixe. Midra gritava e tentava se levantar da cama, mas Lurna e seu trabalho nojento dificultava sua locomoção.

A barra era uma estrutura presa por dois pinos de metal de encaixe bastante simples. Provavelmente feitos para que se desencaixasse facilmente, mas os anos de corrosão pareciam ter chegado, apesar dos esforços da tinta branca. Andrella puxou os pinos com força a fim de tentar desprender, mas eles estavam velhos e duros demais.

Quando percebeu o que ela tentava fazer, Midra se moveu para ajudar do jeito que podia. Trincou os dentes e se colocou a puxar o pino da esquerda enquanto Andrella trabalhava no da direita. A canção de Lurna parecia ter chegado a um ponto crítico da mesma forma que os gemidos cada vez mais fracos de Ilio. Quando o pino de Midra finalmente desprendeu, Andrella sentiu as pernas falharem.

— Vai logo, puxa tudo! – gritou a mulher.

Andrella correu para fazer o que foi pedido; puxou a estrutura toda com força e caiu para trás quando o outro pino finalmente se soltou.

Segurou a barra e correu até onde Ilio perdia a disputa com o enfermeiro. Fechou os olhos e, estranhamente, pensou em tio Argorio. A pancada saiu num baque surdo. O enfermeiro caiu para o lado, levando as mãos à cabeça. Ilio deu uma golfada de ar tão forte que a canção de Lurna pareceu silenciar por um instante.

Mas não demorou para que o enfermeiro ficasse de pé mais uma vez e viesse para cima de Andrella com uma força descomunal. Quando ele a levantou do chão apenas com uma mão, a primeira coisa que Andrella pensou foi que ele não era um enfermeiro. Não poderia ser. O homem era treinado. E pior, tinha controle total de sua própria respiração, quase não suava.

Treinamento de concentração avançado.

— Gente da sua laia – falou o homem, numa voz grave – nunca deveria pôr os pés em lugares como este. Vocês não são como nós. Vocês já não são mais humanos. Temos que nos proteger, temos que lutar pela nossa sobrevivência. Estamos morrendo e a culpa é de vocês! Colocam até os nossos próprios aliados contra nós! *Vocês não são normais!*

E, dizendo isso, apertou as mãos com força em torno da garganta de Andrella. A única coisa que a garota conseguia ver eram os olhos esbugalhados daquele homem, tão amarelos e injetados... Nunca tinha visto coisa parecida, mas achou que era a tradução da palavra ódio.

Foi então que ouviu um barulho alto e surdo. O homem soltou sua garganta e o ar encheu seus pulmões. Respirar ardia, mas Andrella o fazia desesperadamente. Largou-se no chão e observou a cena à sua volta, os pés se agitando no chão, debilmente.

Lurna estava caída à beira da cama. Ilio estava sentado tentando respirar do outro lado do quarto. À sua frente estava Midra, segurando a barra de metal da cama, e logo abaixo dela estava o enfermeiro.

Havia sangue pelo chão.

E o sangue escorria, em um pequeno curso que se aproximava cada vez mais de Andrella.

Não sentiu medo. Sua mente estava clara, cristalina.

— O que vocês ainda estão fazendo aqui?

Quando Sara adentrou o quarto, Andrella quase não a reconheceu. Seus olhos estavam fundos, seus cabelos completamente despenteados, e ela estava empapada de suor. Sua aparência leviana fora substituída por exaustão.

— Samuel chegou – falou Ilio numa voz rouca. Seus olhos não deixavam a mancha de sangue do chão.

— Vocês têm que sair daqui! – repetiu Sara olhando o corpo do enfermeiro com indiferença. – Têm que sair rápido e não podem chamar atenção!

— Eu acho que isso vai ser difícil – falou Midra, indicando a cena ao mesmo tempo que prendia os cabelos. Não parecia ter um sentimento diferente do de Sara em relação ao que acontecera.

— Ilio, você está com a mochila? – perguntou Sara. Andrella nunca vira alguém mais pálido. Talvez somente Midra naquele dia, quando a garota arrancara o torniquete. Teve um leve espasmo.

— Está ali do lado de fora do corredor – e apontou a direção com a cabeça.

— Tudo bem – confirmou Sara, pegando a mochila.

— O que vai acontecer com ela? – perguntou Andrella, ofegante, enquanto apontava para Lurna, estirada no chão. Pelo menos não havia sangue em volta dela, mas seu peito descia e subia numa respiração lenta e fora de ritmo.

— Ela vai ficar bem. Provavelmente – respondeu Sara, virando-se para Midra. – Acha que já atraímos atenção?

— Essa é uma área vazia – foi Ilio quem respondeu –, mas eu não daria por certo que ninguém tenha ouvido os gritos.

— Eu quero uma arma – pediu Midra.

— Todos nós queremos.

Midra estava em posição de alerta e parecia bem saudável, não muito diferente da primeira vez que encontrara com Andrella em Metrópole. *Tão longe, tão perto...*

Sara indicou o caminho que deveriam seguir. Em sua grande maioria, eram corredores desertos onde a sujeira beirava qualquer limite da razão, mas por vezes encontraram algumas pessoas perambulando nos corredores. No entanto, estavam tão letárgicas que sequer percebiam que eles estavam ali.

Andrella não sabia se tinha medo. Achava que não. Tivera medo no deserto, agora o que sentia era diferente. De alguma forma, o peso daquela barra de metal afundara algo dentro dela.

— Estamos em estado de emergência – Sara explicou, e Andrella não pôde deixar de perceber que a garota nunca olhava para ela. – A base não tem muitos reforços, mas tem o suficiente para barrar as entradas.

— Quantos guardas? – perguntou Midra, seus olhos fixos no corredor.

— Provavelmente dois ou três em cada porta, no máximo. O difícil é passar por eles e abrir a porta de metal sem chamar a atenção. Ao chegar nos esgotos, é fácil.

— Onde está Yaltana?

— Ninguém sabe. Ela sumiu. Acho que Hector simplesmente não quis que qualquer um que tivesse simpatia por você ficasse por aqui. – Ela deu um sorriso que Andrella achou um tanto intimidador.

Pararam num corredor onde as lâmpadas estavam meio apagadas. Ilio parecia à beira de um colapso, e as marcas em volta de seu pescoço só contribuíam para seu aspecto soturno. Sara, por sua vez, liderava todos com um vigor que contrastava com sua aparência doente. Já Midra, apesar da recém-adquirida vivacidade, estava coberta de sujeira e exalava um cheiro ruim. Andrella nem quis pensar na própria aparência.

— Tudo bem – falou Midra, assim que eles pararam num canto. – Precisamos pensar bem no que vamos fazer. Vocês dois – ela apontou Ilio e Sara – vão na frente. A garota segue atrás e depois vou eu. Vocês têm alguma coisa para usar como arma?

Os dois permaneceram em silêncio.

— Vocês não têm acesso a nada aqui? Nem um reles cabo de vassoura, qualquer coisa?

Ilio balançou a cabeça em sinal negativo.

— Tudo bem – prosseguiu Midra, alongando o pescoço. – Vamos com o que temos. Precisamos criar uma distração para os guardas. Assim eu posso entrar e tentar fazer alguma coisa. Esses guardas estão armados?

— Não sei – respondeu Sara. – Imagino que de algum modo, sim.

— Ótimo – fez Midra, mas o que era exatamente ótimo Andrella não descobriu. – Garoto, você vai ter que nos ajudar mais uma vez.

Ilio pareceu confuso.

— Precisamos que alguém cause uma interferência nos comunicadores. Não queremos que eles saibam de pronto que estamos aqui.

Enquanto seguia em direção à saída, liderada pelos dois adolescentes, Midra desejou ter trazido consigo a barra de ferro que ficara no quarto. Já estivera desarmada antes, mas o sentimento que tinha era de nudez. Provavelmente conseguiria desarmar um guarda de uma base pequena como aquela e atacar os outros, mas mesmo assim... *Tudo bem. Calma.*

Sentia falta do peso da arma no cós da calça.

Ambiente pequeno, fechado. Porta de metal travada na outra extremidade. Três homens. Dois deles armados com cassetetes. Um portando uma pistola de pequeno alcance. Dois deles possuem comunicadores.

A mente treinada de Midra registrou a situação. Quando um dos guardas gritou "Alto lá!" para Sara e Andrella, que se aproximavam da porta, ela disse, numa voz estranhamente calma:

— Rápido.

— Oi – exclamou Sara, em sua característica voz zombeteira.

— O que você quer aqui? – perguntou um dos guardas de má vontade. Seu bigode estava empapado de suor e lhe conferia um aspecto desagradável. Não parecia muito feliz.

Os outros dois guardas, no entanto, pareceram relaxar, e um deles emitiu um chiado desrespeitoso para as duas garotas.

— É essa garota Metropolitana. Sou a responsável por ela. Estou mostrando a base à noite, tentando dizer que estamos seguros. Mas ela tem medo demais e não nos deixa dormir. Vocês poderiam explicar a ela que está tudo bem e acabar logo de uma vez com isso?

— Você não devia estar aqui, Sara, ainda mais essa hora da noite – falou um dos homens que portava um cassetete. Tinha uma tatuagem enorme de um lado do rosto, mas Midra não conseguia decifrá-la. – O Comando não vai ficar satisfeito com uma coisa dessas. Ele não quer Metropolitanos rondando. E estamos em estado de emergência.

— Eu sei, eu sei. Mas é que isso tudo é *tão* chato. Desde que a bruxa velha sumiu não tenho nada pra fazer. E agora me jogam um entulho desses.

O homem do chiado desrespeitoso soltou uma risada sonora.

— Pare com isso – reprovou Bigode Nojento. – Vá embora, Sara. Você não parece muito bem, precisa dormir.

— É, não estou – e Midra não soube dizer se Sara fingia os espasmos ou se realmente os sentia. – Acho que estou um pouco confusa...

A garota Andrella deu um passo para o lado, mas não demonstrou muita reação. As manchas em seu pescoço destoavam de sua antiga aparência Metropolitana. *Essa garota... Não é possível... Por que Morana pediu justamente isso?*

— Agora? – perguntou o garoto. Midra fez que sim com a cabeça. Era hora.

Midra detestava Argorianos, mas tinha que admitir que não teria sobrevivido sem um deles. Como suspeitara, o garoto tinha algum tipo de controle sobre a mente, uma espécie de habilidade de manipulação da energia eletromagnética. Não foi difícil para ele causar interferência nos comunicadores de onda curta. *Nem funcionam direito no subsolo mesmo.*

Assim que um silvo agudo anunciou a impossibilidade da comunicação, Midra arrancou em direção ao guarda que portava a pistola, Bigode Nojento. Era um homem forte, mas baixo, e Midra aproveitou essa desvantagem para atacá-lo com uma chave de braço.

Os outros guardas demoraram algum tempo para reagir, pareciam mais preocupados com a presença de Sara e da garota. A primeira pancada veio quando ainda tentava pegar a arma de Bigode, que resistia bravamente ao ataque, mas não tinha técnica alguma. Era só uma questão de tempo para dominá-lo.

Quando finalmente conseguiu pegar a arma, deu uma coronhada na cabeça do dono, que se atirou, atordoado, na parede. Voltou para os outros guardas e se surpreendeu com Sara e o garoto, que tinham conseguido um cassetete e agora ameaçavam os guardas.

— Não os deixem sair!

Para sua surpresa foi a garota, *a Metropolitana*, que correu para fechar a porta pela qual haviam entrado. Sara e o garoto demonstraram igual surpresa.

— Batam com força atrás da nuca.

— O quê? – gritou o garoto, indignado. – Você quer que a gente mate eles?

— Isso seria contar com muita sorte.

Deu outra coronhada na cabeça do guarda que se escorava na parede, o do chiado, e o golpe foi suficiente para que ele caísse no chão. Não podia se dar ao luxo de gastar balas.

Embora assustado, o último guarda, Tatuado, reagiu e agarrou Sara pelas costas. Ela estava fraca demais para oferecer qualquer reação.

— Soltem as armas ou ela morre! – gritou o guarda, suor escorrendo por seu rosto coberto de desenhos.

— Que tipo de piada é essa? – Midra retorquiu.

O guarda segurou Sara pelo pescoço. *Ao que parece estrangulamento é uma prática encorajada por aqui...*

Mas, antes que pudesse fazer qualquer coisa, Tatuado caiu de joelhos no chão. Bigode Nojento, que se recuperara do golpe na parede, fez menção de ir até o colega, mas Sara conseguiu pará-lo com uma porretada no peito que pareceu sair de suas últimas energias.

Midra tentou entender o que causara o mal súbito do guarda

tatuado, mas logo compreendeu. O garoto. Ele tinha os olhos estranhamente cinzentos e sua cabeça pendia para um lado, o que lhe conferia um aspecto quase demoníaco.

— Pode parar com isso – ordenou, ao mesmo tempo que pegava o cassetete das mãos de Sara e esmurrava a nuca do sujeito com o bigode nojento. *Temos que ter certeza que eles estão fora de cena.* Era o que Morana sempre dizia.

— Ilio! – gritou Sara, assim que recuperou as forças. Então correu para junto do amigo. O garoto parecia completamente fora de si. Seus olhos estavam fora de foco e o tom de cinza ia e voltava num caleidoscópio doentio.

— Por favor – anunciou Chiado, que se encontrava embolado num canto no chão, a testa sangrando no lugar onde fora acertado com a coronhada. – Faço o que vocês quiserem.

Midra soltou uma risada irônica:

— Eu não sabia que Hector treinava um bando de molengas. Acho que o superestimei.

— Por favor – repetiu o homem.

— Você me dá pena.

Usou mais força do que deveria. O homem caiu no chão a seus pés. Por um instante, achou que a garota estava chorando ao fundo, mas não estava.

Andrella ajudou Midra a abrir a porta. Sara e Ilio se amontoavam num canto, naquele estranho gesto de envolver os braços um no outro.

A garota encarou Ilio dE longe, suas feições pálidas e frágeis, e depois Sara, que lhe sorria de modo tranquilizador. Sentiu uma pontada estranha no estômago.

Demoraram alguns minutos para conseguir puxar a tranca com a força necessária e outro tanto para finalmente arrastarem a porta. Diante delas, o corredor esverdeado se abriu.

— Temos que ir – anunciou Midra. E, de novo, a mão dela buscava a arma.

Andrella sabia que sim. O barulho atrairia pessoas. Pessoas armadas.

E ainda assim sentiu que deveria ficar. Ilio e Sara. Argorianos. Experimentos. A constatação a fez perder momentaneamente o ar.

— Vocês precisam de um veículo – falou Sara, mas sua voz estava cansada e não havia mais aquele tom inusitado de sempre. – Sigam os túneis, sempre na linha principal até uma marcação na parede. Nela, desviem para a esquerda. Fiquem sempre à esquerda. Sairão na cidade acima. Lá encontrarão um antigo posto de combustível desativado. Procurem por Tom. Ele lhes dará um veículo.

— Sara, não! – protestou Ilio numa voz fraca. – Você não conseguiria fazer isso de novo em tão pouco tempo. Veja como você ficou depois de Lurna...

— Ele tem razão – emendou Midra. – Você não tem condições.

— Eu consigo – falou a outra. – Vocês precisam de um veículo.

— Acha que está forte o suficiente? Acha que consegue mesmo?

— Consigo. Por alguns minutos. Então é melhor vocês se apressarem.

Andrella lançou um olhar aos dois na sala e depois para a porta de metal. Quando Midra a ultrapassou, ficou alguns instantes para trás. Sentia-se uma estranha dentro do próprio corpo.

Sara tinha se levantado e fazia exercícios de respiração num canto. Ilio a olhava do chão, sorrindo. Não conseguiu se refrear. Foi até ele, sentindo o coração disparar.

— Você tem que ir – ele falou devagar. – Eu vou ficar bem. Ainda não é minha hora. Você vai encontrar o telefone.

— Obrigada – falou Andrella, segurando as mãos dele. Estavam frias. – Obrigada por me ajudar.

— Você ainda não sabe, Anya, mas eu ainda vou me apaixonar por você.

E sem nenhum aviso Ilio a beijou. Seus lábios frios, mas cheios de algo que Andrella nunca sentira. Nem com Derek, nem com ninguém. Achou que aquilo era capaz de preencher uma sala inteira.

— Vamos – gritou Midra do túnel.

— Ainda nos veremos – ele falou, piscando e sorrindo. Seu rosto colado no dela, seus olhos perdendo o brilho prateado e voltando ao tom castanho original. – Eu vi.

Andrella não soube o que dizer. Apenas se deixou sorrir, levantou-se e passou pela porta.

Capítulo Quinze

Quando Midra a içou para fora do canal de esgoto, a luz do sol cegou os olhos de Andrella. Estavam mais uma vez na cidade em ruínas, mas num ponto diferente daquele pelo qual haviam entrado. Aquela área parecia um pouco mais preservada, apesar de a poeira estar mais espessa.

— Vamos lá, garota. Faça alguma coisa.

Andrella ajudou Midra a pegar o tampo do canal de esgoto e colocar a pesada placa de volta no lugar. Quando terminou, suas mãos estavam vermelhas pelo esforço e não sentia a ponta dos dedos. Reparou que as mãos de Midra estavam semelhantes às suas, mas resolveu fazer silêncio.

— Temos que achar um posto de combustível desativado. Vamos, depressa. Não sei se Sara aguenta por muito tempo.

A mulher saiu correndo e Andrella foi atrás. Correr. Adorava correr. Correr era saudável, era prazeroso. Se fechasse os olhos, poderia fingir que aquelas ruas cheias de poeira eram as ruas de Metrópole. *Não, não poderia.* Nunca mais.

Não demoraram a encontrar o posto. Era um lugar entre dois prédios grandes parcialmente desabados. A poeira naquela parte era negra. Andrella duvidava que houvesse um telefone ali.

— Não fale nada – instruiu Midra tirando a arma da calça.

Ela nunca ofegava. Mas Andrella também não.

O lugar parecia vazio. Havia máquinas grandes, algumas quase do tamanho de Andrella, espalhadas pelo local. Contou pelo menos quatro. A maioria delas estava parcialmente destruída. Podia ver os fios soltos e o metal oxidado. Que tipo de combustível seria aquele? Na escola, nunca falaram a respeito do que era utilizado para mover as máquinas na época do Caos. Se é que tal coisa tinha mesmo existido.

Pense sempre numa contraproposta, a voz de tio Argorio lhe veio à cabeça. Cada vez mais achava que tudo que o tio lhe dissera tinha apenas um propósito: realizar experimentos. Treinar a mente. Qual seria seu propósito final? Controlar energia, como Ilio? Curar, como Sara? Agora poderia descobrir. Na imensidão do deserto, descobriria tudo.

Ao fundo, havia uma casa abandonada. Algum dia fora branca e havia uma grande placa amarela logo acima da porta onde se podia ler POST ORT NA. Eram caracteres do tipo não revisado. Escrita com tipos livres, diferente do tipo padrão Metropolitano, mas Andrella conseguira ler. Tio Argorio de novo, claro.

Por dentro o lugar era ainda pior que do lado de fora. Não havia nenhuma mobília, apenas paredes manchadas e poeira, muita poeira negra. As janelas tinham sido bloqueadas com pedaços de madeira velha, mas o sol entrava timidamente pelas frestas, deixando visíveis nuvens de pó fino à medida que adentravam o lugar.

O aposento era amplo e havia duas portas na outra extremidade. Midra abriu as duas. Uma delas dava para um banheiro minúsculo e imundo e a outra para uma pequena sala tão vazia quanto a principal.

— Não tem nada aqui – murmurou Andrella, ao mesmo tempo que tentava imaginar que tipo de objeto teria pertencido àquele lugar. Talvez outras máquinas como as do lado de fora?

— Chegou a essa conclusão sozinha? – ironizou Midra.

Agora Andrella já estava acostumada a reconhecer aquele tipo de discurso e sentiu-se ofendida.

Ouviu-se um barulho alto e a garota teve um sobressalto, apenas para localizar um pedaço de madeira despencando de uma das janelas à direita.

Levou as mãos à têmpora sem perceber. Midra já estava com a arma apontada, virando-se para todos os lados, como se alguém pudesse entrar naquela sala a qualquer momento e atacá-las. *E eles podem fazer isso.*

— Não tem nada aqui. O que vamos faz...?

Antes que pudesse terminar a frase, Andrella sentiu alguém tocando seu ombro por trás. Antes que pudesse gritar, uma mão tapou sua boca. A garota engasgou com a poeira e a súbita falta de ar. Tentou se debater, mas o esforço só fez com que respirar ficasse mais difícil. Seu olhar caiu em Midra, que olhava pacientemente seu sofrimento. Por que não fazia nada? Por que não atirava? Midra a deixaria morrer? Por um instante, sentiu-se tola por nunca ter pensado nisso.

Quando parou de se debater, finalmente ficou livre. Virou para trás, assustada, apenas para dar de cara com um velho.

Mas era um velho como nunca tinha visto antes. Parecia ainda mais velho que as mulheres no quarto de Eléne. Seus cabelos brancos se misturavam com sua barba igualmente branca e suas unhas eram enormes e amarelas. Os dentes, pelo menos os que tinham restado em sua boca, eram quase marrons. Andrella deu um passo para trás, em pânico, mas em tempo de ouvir Midra dizer:

— Oi, Sara. Vamos rápido com isso. Não temos muito tempo, nem você.

Os olhos do velho eram de um cinza enevoado e estavam esbugalhados. De certa forma, não assentavam com o restante de seu rosto.

Sara? Como assim, Sara?

E se lembrou da estranha canção de Lurna.

— Atrás da casa tem um veículo. As chaves estão aqui.

A voz era do velho, mas a entonação era da jovem da base. A mente de Andrella pareceu dar um salto. A mente de Sara trocava de corpos. Por quantos anos ficara numa maca de tio Argorio para fazer isso?

Midra pegou as chaves das mãos trêmulas do velho. Ou seriam de Sara? Ou do velho-Sara?

— Onde fica a próxima base? – perguntou Midra.

E como ela conseguia agir normalmente com algo daquela natureza? Se é que havia natureza de algum tipo naquele... fenômeno?

— Não sei – a voz saía rouca e estranha, mas ao fundo havia o ruído da garota debochada. – Hector não nos revela esse tipo de informação.

— Como não? – perguntou Midra, pela primeira vez surpresa.

— Ele não quer que tenhamos contato com homens de Morana.

— Mas Hector é um Comando de Morana! – protestou a mulher, seus olhos apertados.

— Hector é um homem de Hector. Ele está revoltado com a miséria da base e é capaz de tudo para resolver o que ele chama de "descaso central".

— Isso é um absurdo! Morana nunca deixaria as bases sem suprimentos...

— Absurdo ou não – prosseguiu o fenômeno, e suas mãos começaram a tremer violentamente –, a base está mesmo em decadência. Mas como você sabe, Hector é um homem perigoso. Ele não nos deixa sair.

— Então como saberemos pra onde ir?

— Vão para um posto de emergência. Deve haver lá a indicação de uma base próxima.

— Usei dois postos nos últimos dias. Não sei se já deu tempo para algum patrulheiro repor as referências.

— É melhor que nada. Voltem pelo caminho pelo qual vieram, Hector vai supor que foram adiante.

— Ou vai supor que voltamos pra trás a fim de confundi-lo.

— É um risco. Mas proteja a garota. Ilio diz que você deve confiar nela.

Depois disso, o velho caiu no chão. Andrella observou, com horror, o homem se debater enquanto arranhava o próprio rosto com as unhas. Quando finalmente levantou a cabeça, seus olhos eram verdes:

— Quem são vocês? – a voz dele saíra com ferocidade.

— Temos que sair daqui – e Midra apontou a arma na direção dele.

Mais uma vez o velho se contorceu e seus olhos voltaram a ficar cinza-enevoados:

— Voltem pelo caminho com o veículo. Vão rápido! Ele já viu vocês!

— Temos que matá-lo – falou Midra apontando a arma com firmeza para o peito do homem.

— Não! – berrou o velho e a voz de Sara de alguma forma se sobrepôs à rouquidão. – Estamos muito próximos. Não sei o que poderia acontecer comigo se você atirasse. Vão rápido!

A névoa deixou os olhos do homem e um verde confuso e alucinado apareceu no lugar:

— O que estão fazendo aqui? Isso aqui não é lugar para vocês. Vou avisar o Comando!

Mas, antes que o homem pudesse se levantar, Midra atirou.

Andrella fechou os olhos ao ouvir o disparo e gritou.

— Vamos embora, garota!

— Você não ouviu o que ela disse? – gritou Andrella sentindo falta de ar. – Não ouviu o que ela disse?

— Esqueça! Nós temos que sair daqui!

Quando Andrella se recusou a se mover, Midra a puxou pelo braço e praticamente a arrastou para fora de POST ORT NA.

Ao sair pela porta, Andrella lançou um último olhar para dentro da sala e gritou mais uma vez. Havia tanto sangue no chão... E dessa vez ela se importava.

Quando terminou de arrastar a garota até o fundo da propriedade, deixou-a num canto. Ela parecia estar em estado de choque. *Que merda.*

Havia muitas caixas velhas empilhadas num canto e pedaços de madeira no outro. Midra achou estranho encontrar tanta madeira boa que poderia ser utilizada nas bases entulhada daquele jeito, mas logo descobriu por quê. Por baixo daquela pilha toda, havia uma motocicleta.

Era o sistema suicida daquela base, não havia dúvidas. Sempre que uma base caía, um último mensageiro era poupado a fim de levar a notícia para a próxima base. Midra se lembrava bem da sensação de abandonar um lugar para a morte. De correr. Mas não podia pensar naquilo. Eram memórias que não a ajudariam em nada.

São memórias de poeira e deserto.

Tirou a motocicleta do entulho e a levou até o canto onde a garota estava.

— Você fica com a mochila – disse, tirando o peso dos ombros. – Depois sobe atrás de mim no banco.

A garota levantou os olhos e eles pareciam pela primeira vez ter alguma vida.

— Por que eu deveria?

Ow. Midra levou um susto. Aquela garota não era mesmo uma Metropolitana qualquer.

— Porque você quer viver – respondeu, simplesmente.

— Você ouviu o que Sara disse.

— É, eu ouvi. E daí? Temos que viver. E temos que fazer esse tipo de coisa quando é preciso.

— Eu preciso de um telefone. Você vai me levar até um telefone. Agora!

As palavras foram proferidas em fúria, mas Midra se surpreendeu quando a garota não se inclinou para o lado e vomitou.

— Um telefone? Você é estranha, sabia? Claro que imaginava que você seria, vivendo com Argorio, mas superou minhas expectativas.

— Não me importo com o que você acha de mim – proferiu Andrella, encarando Midra com força. – Mas você me salvou da cidade. Você me trouxe aqui. Agora vai me tirar e me levar até um telefone.

Midra teve vontade de rir, mas parou quando observou a expressão da garota. Ela falava sério.

— Estamos na superfície da base de Hector, um homem que você deve ter notado ser meio perigoso. Você é a minha missão e eu tenho que levá-la para Morana, que é o Comando Central.

A garota fez um movimento com a cabeça, que Midra não soube dizer se era positivo ou negativo.

— Temos que ir agora. Hector vai vir atrás de nós e, pelo que conheço dele, vai trazer reforços. Ele foi atrás de você, não foi? Parecendo saber mais do que deveria.

— Ele me ameaçou. – *E não é que ela conhece a palavra ameaça? Pensei que era só um conceito de onde ela vem.* – Parecia que ele sabia a história verdadeira.

— Se não sabia, agora sabe. Hector quer te usar como trunfo contra Morana. Se ficasse aqui, acabaria morrendo ou seria vendida como barganha. Ah, e claro, ele me mataria lentamente como algum tipo de vingança pessoal.

E se lembrou da perna.

— Não. Ele sabe quem eu *realmente* sou.

Midra se calou e encarou a garota de volta com desdém, mas ela parecia estranhamente firme.

— Foi Demra quem pegou meu tio Argorio.

Não era uma pergunta. Não mesmo.

— O que você sabe sobre Demra?

— O suficiente – respondeu a garota, lívida.

— A minha missão foi descobrir o que Argorio escondia. E era você. Então minha missão estará cumprida quando chegarmos a Morana – falou Midra, incerta pela primeira vez.

— Se você acha que o que Argorio escondia era eu, então sua missão foi um fracasso – bradou Andrella, com raiva. – Me leve até um telefone. Preciso falar com a Agência de Segurança Privada!

— O quê? – agora oficialmente achava que aquela Metropolitana era louca. – O que te faz achar que conseguiria o número daqueles malucos?

— Eles me deram. Eu perdi, é verdade, mas tenho uma excelente memória. E você vai me levar até um telefone se não quiser decepcionar Morana.

— Tudo bem. Eu levo você a um telefone.

Era uma meia verdade. Mas era o que podia dizer? De outro modo, como levaria a garota até Morana? Toda aquela convivência na base a tinha tornado uma mula velha.

— Hector vai vir atrás de nós. Ele sabe quem eu sou – ela repetiu. Os olhos da garota estavam vermelhos. *Está chorando?* – Nós vamos morrer?

— Só se não formos rápidas o suficiente.

A garota colocou a mochila nos ombros e lançou um olhar seco a Midra. Não havia lágrimas. Que surpresa, afinal as duas tinham algo em comum.

Era o deserto de novo.

Mas ao mesmo tempo era diferente.

Andrella tentava entender racionalmente o porquê da sensação de que um mesmo lugar poderia ser dois ao mesmo tempo.

Por mais que sua mente corresse para os aposentos claros da lógica e da razão, acabava sempre sendo içada para o quarto escuro da base. Para o canto da enfermeira. Para o sangue no chão. Para os olhos cinza-vento do velho.

Cinza-vento?

Lembrou-se de Ilio. De seu beijo frio, de suas mãos trêmulas.

Ainda nos veremos de novo.

Andrella esperava sinceramente que sim, enquanto apertava os braços em volta da cintura de Midra na moto. Estava segura.

E pela primeira vez pensou que talvez fosse como o deserto.

A motocicleta fazia um barulho grave e gasto ao atravessar o terreno árido. Midra explicara que era um veículo comum nos tempos do Caos e que algumas bases haviam modificado sua estrutura para que aceitasse outros tipos de combustível.

O sistema da motocicleta era bem simples, observou a mulher, sem que Andrella realmente precisasse de uma explicação. Havia um motor e ele era movido a combustão.

— E nada mais tradicional que uma boa combustão, não é mesmo?

Não era de modo algum um veículo confortável e exigia certo equilíbrio, principalmente pelo fato de que Midra dirigia em velocidade máxima. E, diferentemente do carro Metropolitano que amortecia o impacto das rochas, a motocicleta saltava e derrapava no solo rachado.

E precisavam ir mais rápido. Mais rápido. Mais rápido. Porque Midra dizia que Hector estava logo atrás.

Dizia também que ele era louco.

E *louco* era uma das palavras que costumavam definir tio Argorio.

Quando a noite chegou, Midra finalmente parou. Desceram num paredão de pedra, não muito diferente daquele onde Andrella coletara o mapa.

Midra escavou o chão com a ajuda da garota. Havia água, duas latas de ração, um pequeno objeto de metal, mantas e munição. Logo Midra começou a colocá-las em ordem.

O mapa.

— Temos duas opções – falou Midra depois de um tempo. – Mas temos que chegar a Morana o mais rápido possível. E lá você terá um telefone – acrescentou, rápido.

Andrella fez que sim com a cabeça. A mulher a encarou por alguns segundos, como que tentando entender o gesto.

— O que é esse objeto de metal? – perguntou Andrella, tentando amenizar seu desconforto.

— Canivete – respondeu Midra, desdobrando a peça e revelando uma lâmina que utilizou para furar uma das latas de ração. – Realmente vem a calhar agora que perdi o meu.

— Acha que Hector está perto?

O olhar de Midra escureceu.

— Está. Dá pra sentir até o cheiro.

— Você se lembra de como era antes?

A garota fixava o canivete, meio fascinada.

— Antes do quê?

Sabia antes do quê e a garota também sabia, por isso não repetiu.

— Não sou tão velha assim – disse, tentando parecer displicente. – Mas me lembro do cheiro de fuligem e da guerra.

— Guerra? – os olhos dela eram confusos.

— Imagino que seja mais um conceito Metropolitano...

— O "Caos"...

— Eu não sei direito se o Caos foi a própria guerra ou se a guerra veio antes. Há uma divergência em relação a esse assunto – o tom displicente definitivamente não ajudava agora. – Eu era uma criança pequena na época. São lembranças confusas.

— As coisas do mundo de antes não parecem ser tão perigosas – disse a garota, ainda observando o canivete.

— Mas se os Metropolitanos têm razão em uma coisa, é nessa. Era tudo muito perigoso. E continua sendo.

Pegou o canivete da mão da garota, dobrou a lâmina para dentro do cabo e guardou o objeto no bolso.

— Eu só queria entender as coisas. Entender por que tanta coisa não foi dita – ela se encolheu de frio dentro da manta. – Porque tio Argorio fez o que fez.

Os olhos dela não mostravam sinal de choro ou de raiva. Estavam apenas confusos, quase reflexivos. Midra se sentiu desconfortável e mudou de posição dentro de sua própria manta. Desejou poder acender uma fogueira. Mas fazer aquilo seria declarar a própria morte.

— Você é diferente – antes que desse por si, já estava falando. – Foi por isso que Morana me mandou buscá-la. Porque alguma coisa em você é diferente de todos os outros. Eu soube disso quando a vi.

A garota caiu num silêncio profundo. Midra desviou o olhar e continuou:

— Morana não me disse, mas, pelo que entendi, você aparentemente carregava algo consigo. Uma "marca da diferença às avessas". E isso parecia perigoso. Mas sabe de uma coisa, eu finalmente entendi o que ela quis dizer.

Deu uma pausa e respirou fundo. Sentia-se uma adolescente segredando algo em um quarto de mulheres da base depois da hora de dormir.

— Quer dizer, sempre imaginei que você seria uma Metropolitana um pouco fora do comum, afinal você morou a vida inteira com Argorio. E ele sempre foi muito estranho. Sempre fazendo experimentos, até hoje não sei dizer por que o Conselho de Metrópole o mantém lá.

— Você sabe o que ele fez? – ela não parecia exatamente surpresa.

— Está falando dos experimentos? Dos Argorianos? São tantas histórias... E Argorio parece sempre estar em todas elas e ao mesmo tempo em nenhuma.

— Mas por que foram me buscar só agora? Por que me deixaram lá com ele todos esses anos?

Midra hesitou. Estava com pena? Sim, estava.

— Nós não sabíamos que você existia – disse, simplesmente, e observou o efeito de suas palavras.

— Como assim não sabiam que eu existia? Não foi você que disse que tio Argorio estava sempre em todos os lugares?

— É, mas ele sumiu depois de um tempo. Ninguém o via mais. Nunca soubemos que ele tinha uma sobrinha. Mas você não é realmente uma sobrinha, é?

— Não – admitiu a garota devagar. – Ele é meu padrasto.

Gabriela. O nome veio na ponta da língua. Aquele nome levava a coisas escuras. Será que a garota sabia e por isso queria ligar para Demra? Mas Midra achou melhor não perguntar. Na verdade não queria saber. *Ao contrário do que os Metropolitanos pregam, o conhecimento nem sempre é benéfico.*

— Morana disse que você era diferente e que eu tinha que buscá-la. Mas o que Morana não entendeu é que você é especial. É diferente de tudo que pensamos. Você demonstrou um pensamento mais livre, uma maior receptividade às mudanças. Tem ideia de quantos Metropolitanos literalmente entraram em colapso quando os tiramos da cidade? Mesmo os proscritos? Mas você se calou. Você não repetiu um livro infinito de normas. – Tinha consciência de que sua voz tinha aumentado no mínimo um tom, mas não conseguia se frear.

"O que Morana nunca imaginou é que Argorio a treinou para as bases! Você responde a quase todos os nossos programas. Durante todo esse tempo, Argorio criou uma não-Metropolitana em casa, bem debaixo do nariz do Conselho! É por isso que você é diferente! É a prova de que os manuais da cidade não conseguem corromper tudo!"

Midra estava sem fôlego. Não conseguia se lembrar da última vez que se sentira assim. Seu coração batia acelerado. Até então não havia se dado conta de tudo aquilo que dissera. Mas era o que acreditava. *Isso muda tudo.* E sentiu alívio. O tão sonhado alívio.

— Midra – começou a garota e ela parecia fazer um esforço terrível para pronunciar seu nome –, tio Argorio nunca me treinou para as bases. Nunca me ensinou nada. Na verdade, ele sempre me treinou nos princípios de Metrópole. Ele incentivava minhas boas notas e meu comportamento. Não fui criada para ser como vocês.

— Você foi sim, você...

— Eu sou um experimento também. Argoriana, não é esse o nome? – gritou ela. – O pior de todos os experimentos!

Midra ouviu em silêncio o relato da conversa com a coordenadora, do diretor, da notícia do sequestro e dos dias sozinha em casa. Ouviu sobre a Agência de Segurança Privada e das pessoas que invadiram. Então ouviu sobre o estranho corredor atrás do armário, das luzes artificiais e dos fragmentos do diário.

Isso sim muda tudo.

Admitir aquilo em voz alta pela primeira vez era como admitir que estava morta. Ao menos uma parte ela tinha certeza que estava.

— 89765432 ramal 13 – repetiu Andrella. – É esse o número para o qual eu tenho que ligar. Ligar para Demra. Era ele? Será que era ele na porta da minha casa?

— Eu não acho que seja. Se ele tivesse visto você – e Andrella sentiu que Midra analisava cada centímetro de seu rosto com tristeza –, ele teria arrastado você de lá. Não, não era Demra. Mas ligue para ele, Andrella. A Agência de Segurança Privada rompeu com Morana há muito tempo. Demra perdeu a razão...

— Por quê?

— Ele se juntou aos Argorianos... Ele... Ele quer vingança pelo que Argorio fez a todas aquelas pessoas e... Você já deve saber quem ele é.

— Você quer dizer que ele é meu pai?

Andrella viu Midra se mexer de forma desconfortável antes de dizer:

— Então você deve imaginar que há muito mais por trás disso... Se ele descobrir o que Argorio fez com você... Se é que já não descobriu. Demra é um torturador melhor do que Hector.

— Mas ele é meu...

— Isso não deixa de fazê-lo um completo maluco sádico.

— Mas então o que vou fazer? – perguntou Andrella, exasperada. – Pra onde vou? Até Morana?

Midra não acreditou em si mesma quando as palavras saíram de sua boca:

— Temos que ir embora daqui. Agora!

— Agora, mas... Como? Pra onde vamos?

Mas Midra não ouvia nada, apenas se punha a guardar as coisas apressadamente dentro da mochila, ignorando o frio da noite do deserto.

— Me fale, me fale alguma coisa... o que é... FALA COMIGO! – berrou Andrella. Então, viu Midra parar. O olhar dela era da mulher furiosa que conhecera na cidade.

— Você estava me ouvindo, garota? Isso muda tudo! De novo! Temos que ir. Vamos mudar nossa rota de fuga. É provável que encontremos os homens de Hector fazendo isso. Mas estaremos preparadas. – Midra pegou a arma e colocou as balas novas.

Andrella a indagou com o olhar. *Por quê?*

— Eles vão matá-la se souberem a verdade sobre você. E tenho certeza de que já sabem.

Interlúdio

Parte 1: Fragmento do portfólio de cartas de Morana. Correspondência de Midra, datada de 31 de dezembro do ano da mudança 20.

Morana,

Sei que todos, inclusive você, esperam que eu apresente uma saída fantástica para a presente situação. Que consiga resolver tudo e sair ilesa. Mas isso não vai acontecer. Não tenho saídas mágicas. Não tenho desculpas nem culpas.

As acusações de Hector são consistentes. E algumas delas são verdadeiras. Sempre me disseram que eu nunca poderia ser um soldado por viver quebrando as regras. Talvez essas pessoas tivessem razão.

Hector tem muita gente nesse esquema. Muita gente comprada. Muita gente que me odeia. Tem muita mentira nesse jogo, mas não posso provar minha inocência. Há muitas verdades também.

Sei que seria muito glorioso talvez me deixar ser condenada, cumprir uma pena, quem sabe morrer, mas você, mais do que ninguém, sabe que sou uma sobrevivente. Por isso resolvi prestar o juramento e me tornar uma patrulheira.

Não adianta tentar pensar em me impedir, agora mesmo estou em um templo fazendo meus votos. E você sabe as implicações desse ato. As tatuagens de sangue manterão minhas armas e minhas caminhadas pelo deserto, mas me tirarão o direito de ter herdeiros, de ter propriedade e ocupar cargos de comando. Sinto muito, mas jamais poderei ser sua sucessora.

Imagino que Hector e sua corja diminuirão o peso das denúncias. É o que eles querem. Me ver longe do poder e da influência. Talvez eles se contentem em me matar um dia numa emboscada no meio do deserto, mas ao menos poderei reagir com dignidade. Mas eu juro, juro, que ainda cumprirei minhas missões para você.

Uma vez eu lhe disse que não servia para ser líder. E veja só, não sirvo mesmo. Porque se servisse, preferiria o martírio.

Até o fim dos dias,
Midra.

Parte 2: 13 de setembro do ano da mudança 9

— Estão todos aqui?

A voz de Morana encheu o salão. Demra não cansava de se admirar com a mulher alta de cabelos completamente brancos e seu olhar duro.

— Até o fim dos dias – responderam os outros membros da mesa em uníssono.

— Essa reunião tem como objetivo algo bem desagradável – falou Morana, e o salão subitamente se encheu de gelo. – É realmente necessária a divisão deste grupo?

— Morana, seja razoável – começou um homem de meia-idade, que exibia uma longa barba. – Se ao menos pudéssemos estabelecer uma conduta mais branda...

— Mais branda? – rebateu a mulher, erguendo a sobrancelha num tom debochado. – O que você define como mais branda, Pritus? Fazer um piquenique no parque principal da cidade? Convidar o Conselho para um jantar?

— É necessário adotar uma política mais diplomática – falou Qualize, e Demra não pode deixar de notar que seus impressionantes olhos cor violeta faiscavam.

— A hora da diplomacia já passou – sentenciou Morana. – Eles nos atacaram. Destruíram nossas bases. Raptaram nossas crianças. Temos que nos manter firmes.

— Se continuarmos só com a política de resgate...

— Não, Qualize – rebateu Morana. Os olhos violeta da outra piscaram levemente. – Resgatar uns poucos Metropolitanos pode engrossar nossas fileiras, mas não faz um pingo de estrago entre as paredes da cidade. Estou errada, Argorio?

Pela primeira vez, Argorio pareceu prestar atenção no que se dizia dentro da sala.

Demra encarou o teto. Não conseguia olhar Argorio nos olhos. Não depois do que acontecera. Tinham sido aliados, tinham trabalhado juntos. Demra até chegara a ajudá-lo naquele plano maldito. As mãos de Demra estavam sujas também, e tudo pelas mentiras de Argorio. E agora... Agora Argorio tinha levado tudo. Gabriela. Seu filho.

— Não faz diferença alguma – Argorio disse por fim. A mão no queixo coçava a barba. – Ninguém sequer se lembra do nome dos desaparecidos. Eles têm um sistema infalível quanto a isso.

— Com eles você quer dizer *nós*, não é mesmo? Você é um deles. Sempre vai ser.

Todos se voltaram para ele. Demra sabia o impacto que tinha. Sua voz era profunda, como a badalada dos antigos sinos de antes do Caos.

— Você adora rotular as pessoas – rebateu Argorio.

— Você é um assassino.

— Demra, você pode me chamar do que quiser. Porque eu... Como é que dizem por aí mesmo? Estou pouco me lixando!

Morana lançou a Argorio um olhar preocupado. Aquele teor de rebeldia não combinava com ele. Na verdade, poucas coisas combinavam com Argorio apud Luna-Stenka, e usar frases cortadas definitivamente não era uma delas. Aquilo era coisa de Demra. Esse sim, movido por paixões.

— Acredito que saiba, Argorio, que não aprovamos seus métodos – começou Morana, como uma forma de aliviar a tensão entre Demra e Argorio. – Você nos enganou. Também não queremos você aqui.

Argorio não respondeu.

— O que é isso, Morana? – rebateu Pritus com um sorriso torto. – Argorio é valioso para nós.

— Às vezes o melhor a fazer é mesmo seguir caminhos diferentes. Negociatas gastam tempo, fortuna e paciência. Não sou conhecida por ter nenhum dos três.

— Isso com certeza enfraqueceria nossas bases – observou Qualize, numa voz suave e branda que contrastava com seu rosto quase inexpressivo.

— Talvez por algum tempo, – concordou Morana, medindo as palavras –, mas em alguns anos poderíamos nos recuperar.

— Isso é loucura! – exclamou Pritus, batendo as mãos com força na mesa.

— Isso é agir com prudência – interviu Morana. – Argorio é motivo de descontentamento em nosso grupo, o que definitivamente nos enfraqueceria a longo prazo. Isso é fato. E lembrem-se de que vocês não me colocaram como líder aqui aleatoriamente.

Pritus murmurou alguma coisa com as palavras "presença ameaçadora", mas os outros fingiram não ouvir.

— Coloco em votação agora aos membros deste conselho a dissolução da resistência em dois diferentes grupos, para aqueles que não concordam com minha liderança. O acordo abrangerá uma partilha das bases proporcionais aos Comandos específicos mais um tratado de não-violência entre as facções, desde que seja mantida a não-interferência em assuntos internos e na política em relação a Metrópole.

Pitrus se mexia na cadeira, incomodado. Já Qualize, por outro lado, parecia mais interessada:

— Esse tratado passaria a valer com alguns termos escritos e quem sabe, um juramento?

— Ho, ho – fez Demra de má vontade. – Vocês sempre querendo colocar esses juramentos malucos no meio da jogada, não? Isso atrapalha mais do que ajuda.

— Atrapalha aqueles que querem quebrar os juramentos – contra-atacou Qualize.

Antes que Demra pudesse responder, Morana se pronunciou:

— Faço qualquer juramento. Tenho palavra e não tenho a mínima vontade de angariar mais um inimigo. Já possuímos um em comum e precisamos lutar contra ele.

— Então iremos – a voz de Pritus soava ofendida. – Qualize certamente está comigo?

A mulher fez um sinal positivo com a cabeça.

— Demra? – perguntou Morana.

— Acho que tenho meus próprios planos. E eles envolvem enfiar uma faca pela garganta do Argorio e depois fundar meu próprio grupo. Não necessariamente nessa ordem.

— O quê? – perguntou Morana, incrédula.

— Ele nos enganou. Disse que nos ajudaria a erguer nossas bases e combater Metrópole. O que ele fez? Raptou crianças, fez experimentos ilícitos, nos deixou com um exército de pessoas disfuncionais que não sabem o que fazer. Você já falou com um deles, Argorio? Pois eu já. Histórias de como você os torturou e mutilou, de como você os fez ser quem são. Se eu não te matar, eles te matam.

— Demra – começou Qualize –, isso não é hora...

— Mas é claro que isso é hora! Vocês estão cegos? – e começou a gritar. – Esse homem bota medo no Conselho de Metrópole! É o único motivo pelo qual ainda está vivo! Ele nos manipulou para conseguir cobaias para suas pesquisas proibidas em Metrópole. Vocês querem deixar isso do jeito que está? Deveríamos executá-lo, não dividir o grupo por causa dele!

— Argorio trouxe informações valiosas de Metrópole, Demra – acrescentou Pritus.

— Mas que merda! E isso perdoa tudo que ele fez? Todas as vidas que destruiu?

— Se a sua mulher me preferiu a você, Demra, eu não posso fazer nada – comentou Argorio friamente.

Demra saltou da cadeira, o canivete já em punho. Pritus e Morana o agarraram pela camisa, enquanto ele gritava e tremia como um louco:

— Ela me ama! Ela me ama, seu imbecil! Seu ordinário! Ela vai sempre me amar! Não importa que você se deite ao lado dela à noite, ELA VAI SEMPRE ME AMAR! Gabriela é uma covarde, uma idiota, mas ela me ama!

— Mas que merda, Demra, se acalme – berrou Morana. – Componha-se. Isso ainda é uma reunião do Conselho.

— Que se foda esse conselho! – gritou Demra, sentindo o peito explodir. – Estou cansado dessa merda! Alguém tem que fazer o que é certo, e, se ninguém quer fazer, que seja eu!

— Mas isso não é hora de... – começou Qualize.

— Vocês não queriam divisão? – interrompeu Demra, os olhos injetados. – Pois então terão divisão! Estou indo embora – e guardou o canivete no bolso indo rumo à porta. – E sabe, Argorio – falou, lentamente –, eu agradeço todos os dias por meu filho estar morto. Sabe-se lá o que você faria com ele caso Gabriela tivesse dado à luz uma criança viva. Só espero que um dia ela se dê conta do que fez e te mate enquanto você dorme!

A porta do salão bateu com força quando Demra saiu.

Capítulo Dezesseis

Assim que amanheceu, Andrella percebeu que tinham mudado de direção. O sol agora as encarava de costas. O calor já não parecia mais tão insuportável. *Talvez eu tenha começado a entender o deserto...*

— Onde estamos indo? – gritou para Midra. O barulho do veículo era muito alto.

— Para um lugar seguro! – berrou a mulher de volta. – Você precisa estar segura!

— Mas estamos voltando! – apelou Andrella. Estava com medo. – Vamos nos encontrar com Hector!

Midra não respondeu, apenas acelerou. A poeira tornava o ar difícil de respirar. Andrella tinha colocado a camisa em volta da cabeça a fim de evitar engoli-la, mas o resultado era um ar abafado. De quando em quando tinha que retirar o pano do rosto para não sufocar. E, depois do ataque que sofrera na enfermaria, não conseguia suportar a ideia de ficar sem ar.

Todo o tempo Andrella olhava para trás esperando uma ofensiva. Ela veio à tarde, quando um veículo muito parecido com os que usavam em Metrópole apareceu no horizonte à esquerda.

— São eles! – gritou a garota.

Mas Midra aparentemente já os tinha visto. A arma já estava em sua mão direita.

Andrella achou que ela fosse atirar e arrancar a – *motocicleta, o nome é motocicleta* – na direção contrária. Por isso, se apavorou quando Midra investiu com tudo em direção ao veículo. O barulho de tiros entorpeceu seus ouvidos.

Com a poeira levantada pela motocicleta, era difícil ver onde os tiros iam parar. Andrella colou o corpo no da mulher à sua frente.

Quando a motocicleta emparelhou com o carro, Midra começou a atirar. O homem no banco do carona logo caiu de lado. Para sorte delas, o motorista parecia ter alguma dificuldade em dirigir e atirar ao mesmo tempo.

— Hector quer a garota, Midra! – gritou ele. Sua voz era ansiosa. – É só entregá-la e você pode ir. Quando é que vai ter uma chance como essa?

— Vá se ferrar!

E Midra atirou. Atingiu o homem no ombro, mas, pela expressão de frustração em seu rosto, Andrella pôde perceber que gostaria de tê-lo matado.

O motorista perdeu o controle da direção e guinou o carro para o outro lado. Midra acelerou e prosseguiu seu caminho original. Em alguns minutos, o carro desgovernado se perdeu de vista.

De repente, a moto freou. Andrella sentiu seu corpo ser projetado para a frente. Midra desmontou e como sempre, apontou a arma para todas as direções, girando o corpo num movimento que pareceria engraçado se a garota não soubesse o que aquilo era capaz de fazer.

— Escuta, garota – começou Midra, numa voz estranhamente ansiosa. – Você precisa ir.

— O quê? – perguntou Andrella. *O que você está dizendo*?

— Os homens de Hector vão chegar e eles querem você. Você ouviu o que aquele motorista disse. Eu vou ficar aqui e enfrentá-los. Pegue a moto e vá embora.

— Mas você não pode ficar a pé! – disse, quando na verdade queria dizer *Mas eu não posso ficar sozinha!*

— Uma grande parte deles estará a pé também ou em monomotores velhos. Tenho uma chance. Sem contar que eles não têm interesse em mim e sim em você.

Não conseguia falar. Midra não era o que esperava, não era o que desejava – Mas Midra era tudo que tinha.

— Não, você tem que vir comigo! Eu não consigo sem você! – E, ao ver que Midra não se abalava com os comentários, gritou com toda força. – É você a responsável pela minha segurança! Essa é a sua missão!

Como efeito, o rosto de Midra se contraiu e ela fechou os olhos. Por um instante, Andrella pensou que ela tivesse levado algum tiro e estivesse ferida.

— Não sou a responsável pela sua segurança – começou ela. – Nunca fui. Você nunca esteve em segurança comigo.

— Mas você me tirou de Metrópole! E me trouxe através do deserto, me tirou de Hector!

— Você não entende... – prosseguiu a mulher, enquanto encarava a arma. – Minha missão nunca foi salvá-la. Minha missão era levá-la. Levá-la até Morana e depois matá-la.

Andrella achou que fosse cair no chão naquele exato momento. Nada fazia o menor sentido. Nada era real.

— Mas quando vi você, percebi que não era uma ameaça. – A voz de Midra – *da mulher* – vacilava. – Vi que você só era diferente dos outros Metropolitanos. Pensei que poderia convencer Morana a poupá-la. Até que você me contou o que Argorio fez. Ela nunca pouparia. Você vai morrer. E é por isso que tem que fugir.

Ela arrastou a motocicleta alguns metros e fez sinal para que Andrella a segurasse. Automaticamente, a garota fez isso. O que mais lhe restava?

— Você... Você mentiu.

Era tudo que podia dizer. Era tão pouco. E ao mesmo tempo era tudo.

— Para dar a partida, você tem que usar o pé nessa alavanca aqui. Está entendendo? – e a própria Midra deu a partida com o pé. A motocicleta começou a vibrar. – Os freios são esses aqui, você usa com a mão. Mas eu não recomendaria usá-los. Acelere o máximo possível.

"Siga com o sol nas costas, tente fugir da cidade. Espere por Ilio, ele vai atrás de você. Ele vai ajudá-la. Tem suprimentos na mochila o suficiente até encontrá-lo. Agora suba.

Andrella estava paralisada.

— Suba logo!

Mas não conseguia se mover. Sentia-se como naquele dia no deserto. Aquela primeira noite no posto de emergência.

Foi então que ouviram o som de disparos. Um tiro atingiu a lateral da motocicleta.

Midra atirou de volta e com dois tiros a figura ao longe caíra no chão. Ela não piscara sequer uma vez.

Subir na motocicleta foi uma tarefa difícil. Sentia como se pesasse quilos a mais. A garota encarou o acelerador durante alguns minutos.

Deserto. Desertar. Deserdar. Os jogos de palavra de tio Argorio não eram apenas jogos.

— Você vai viver. Argorio está com Demra. Não o procure. Não há nada de bom nesses dois. Agora vá, *Anya*, e viva – disse a mulher numa voz quase calorosa. Então ela deu as costas e começou a correr.

Quando ouviu os tiros seguintes, Anya acelerou.

Poslúdio
(ou onde tudo começa outra vez)

Andrella acordou devagar. Seus olhos estavam pesados. Seu corpo, um tanto dormente. Sua mente, confusa.

Quando tentou se levantar, não conseguiu. Seu corpo estava preso à cama. Mas por que estaria?

Alguns minutos depois, seus olhos se acostumaram à luz artificial. Seus braços e pernas estavam presos com grossas tiras de acrílico. *O quê?*

Não entendia como tinha parado ali. A última coisa de que se lembrava era de ter ido dormir depois de um dia cansativo no Centro de Educação Metropolitana.

Tentou levantar hipóteses para o ocorrido, mas antes que pudesse fazer qualquer coisa, soltou um grito. Um homem alto estava a seu lado, seus olhos brilhavam estranhamente.

Quando ele levantou uma longa faca e cortou sua pele, só o que viu foram sombras.

Fim do primeiro livro

Agradecimentos

A ideia para esse romance surgiu em 2010, numa tarde bastante quente e tediosa. Desde então foi muito trabalho e expectativa e eu não teria conseguido colocar um ponto final nessas páginas sem algumas pessoas. É clichê, mas é verdade. Primeiro, meus pais, Eugênio e Carminha, que sempre me incentivaram a ler e escrever. Minha mãe leu os primeiros três capítulos dessa história e perguntou: "E agora? O que vai acontecer?". A motivação que todo escritor precisa. Agradeço também Jéssica de Sá e Amanda Pavani, que também leram essa história em sua primeira versão tantos anos atrás.

Mas *Metrópole: Despertar* talvez não tivesse saído do papel sem Karen Alvares, que em 2012 fez um desafio literário comigo no qual eu terminei esse romance e ela terminou o seu, *Alameda dos Pesadelos*. Se não fosse isso, talvez esse livro que você acabou de ler ainda fosse um arquivo incompleto do Word como tantos outros. É um privilégio ter alguém como a Karen como parceira de escrita e amiga. Também não pode faltar uma menção à Nívia Fernandes, revisora danada, que contribuiu para que *Metrópole: Despertar* ficasse com as vírgulas certas. Finalmente, agradeço meu marido, Anderson Borges, que ouviu essa história numa tarde quente e tediosa de 2010, quando ainda éramos namorados, e disse que eu devia continuar escrevendo.

Vale também mencionar os apoiadores ao longo do caminho: Jean Costa, Luciana Figueiredo, Nathália Ramos e Felipe Alvares, que há anos me ouvem falar desse livro. Um carinho especial ao pessoal da Draco, especialmente Ana Lúcia Merege, Eduardo Kasse e Erick Sama. E pra você, leitor, que chegou até aqui, meu maior agradecimento. *Até o fim dos dias*. Nos vemos em breve.

Série Metrópole

Metrópole: Despertar (livro 1)

Metrópole: Caos (livro 2)

Este livro foi impresso em papel pólen bold na
Renovagraf em Julho de 2016.